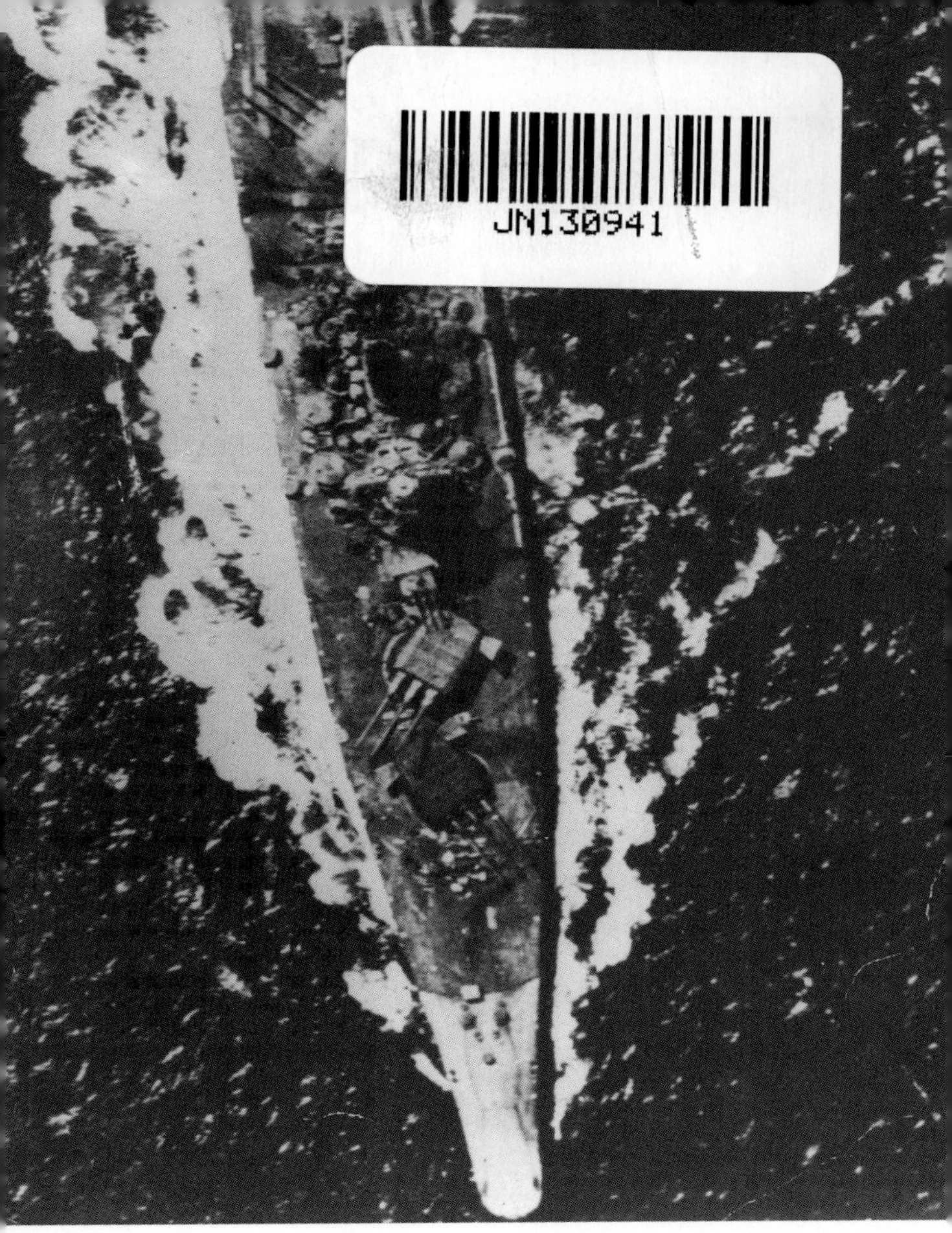

比島沖海戦で米軍機の爆撃を回避するため回頭する戦艦「大和」

(上)比島沖海戦で米軍が撮影したものと思われる戦闘中の「大和」
(下)米軍機の空襲後、シブヤン海を航行中の栗田艦隊

NF文庫
ノンフィクション

新装版

戦艦「大和」レイテ沖の七日間

「大和」艦載機偵察員の戦場報告

岩佐二郎

潮書房光人新社

戦艦「大和」レイテ沖の七日間——目次

第一章　艦隊決戦
あゝ堂々の栗田艦隊……13
痛恨のパラワン海峡……21
艦隊司令部の移乗……28
第二章　炎の空域
鳴りわたる戦闘ラッパ……33
〝幸運〟な名誉の負傷……40
僚艦「武蔵」被雷の瞬間……44
予期せぬ不沈艦の脱落……52
第三章　「武蔵」沈没
輪型陣の串刺し戦法……58
宇垣司令官の横顔……64
迫りくる巨艦の死期……70
「武蔵」よ静かに眠れ……77

第四章　絶妙の航跡
サンベルナルジノ海峡……83
「大和」主砲の咆哮……89
射出された観測機……96
現実は情け容赦なく……101
第五章　不意の会敵
重巡「筑摩」の悲報……109
バスルームの死者たち……116
栗田提督の孤影……123
炎上する敵空母……129
第六章　柩の部屋
艦長の叱声……135
組織的空襲はじまる……140
緊張の第一艦橋……145

レイテ湾口を目前に……150
参謀長、敵はむこうだぜ……155

第七章　灰色の噴煙

「動揺して突入を止め」……161
傷心の艦隊、一路北上……167
艦隊司令部会議室の密議……173
死中に活を求めて……181
曳光弾の雨の中で……185

第八章　撃沈の秘儀

白昼夢のごとき情景……190
美しき急降下爆撃機……197
書き記される熱き瞬間……201
かすめ飛ぶ灰色の機体……206
艦尾開口部への懸念……211

第九章　命の鼓動

消えさった敵魚雷……215
屈辱の帰投のはじまり……219
「退却だよ、これは」……223
帰路を急ぐ、無理も無し……231
参考文献……236

写真提供／著者・雑誌「丸」編集部

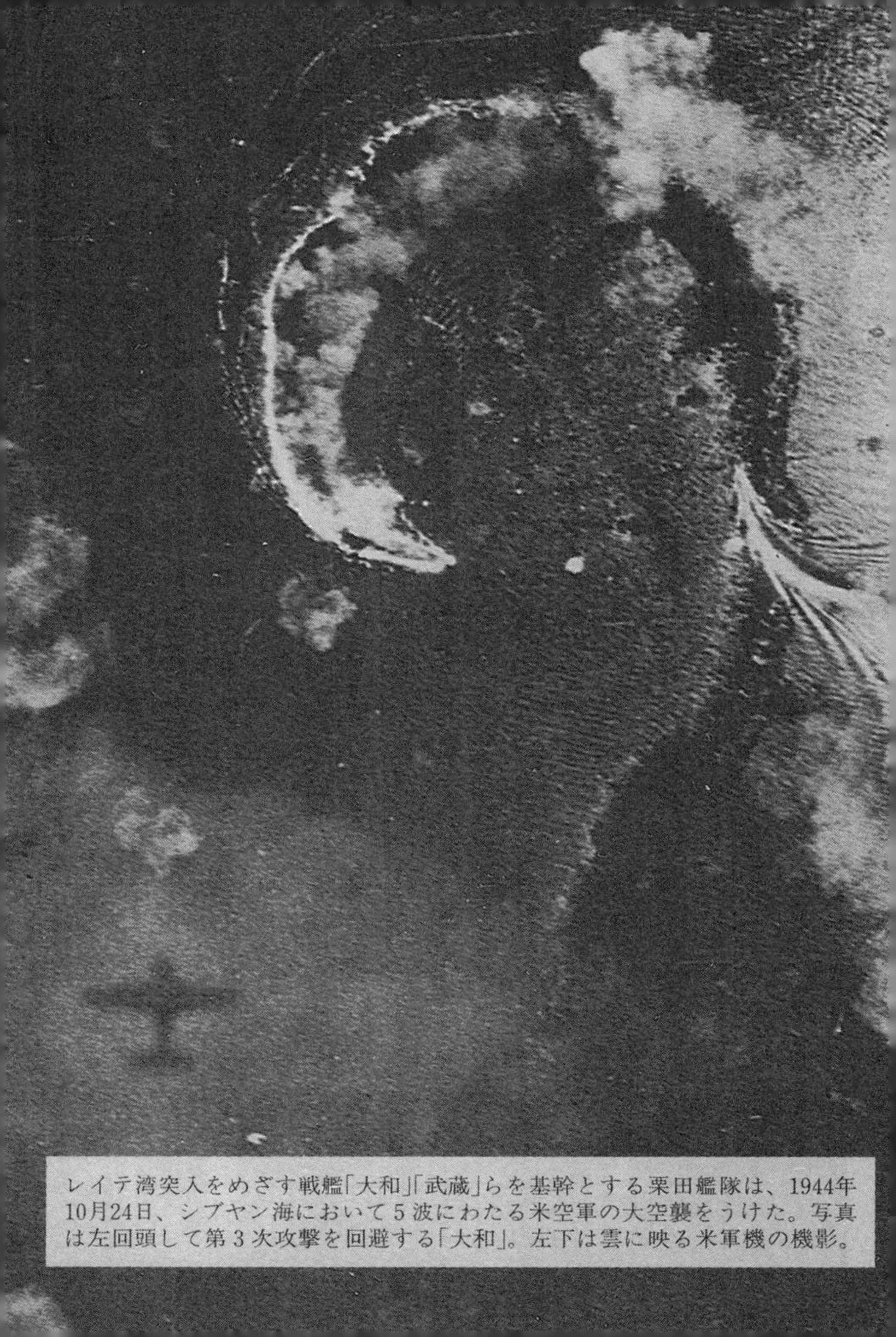

レイテ湾突入をめざす戦艦「大和」「武蔵」らを基幹とする栗田艦隊は、1944年10月24日、シブヤン海において5波にわたる米空軍の大空襲をうけた。写真は左回頭して第3次攻撃を回避する「大和」。左下は雲に映る米軍機の機影。

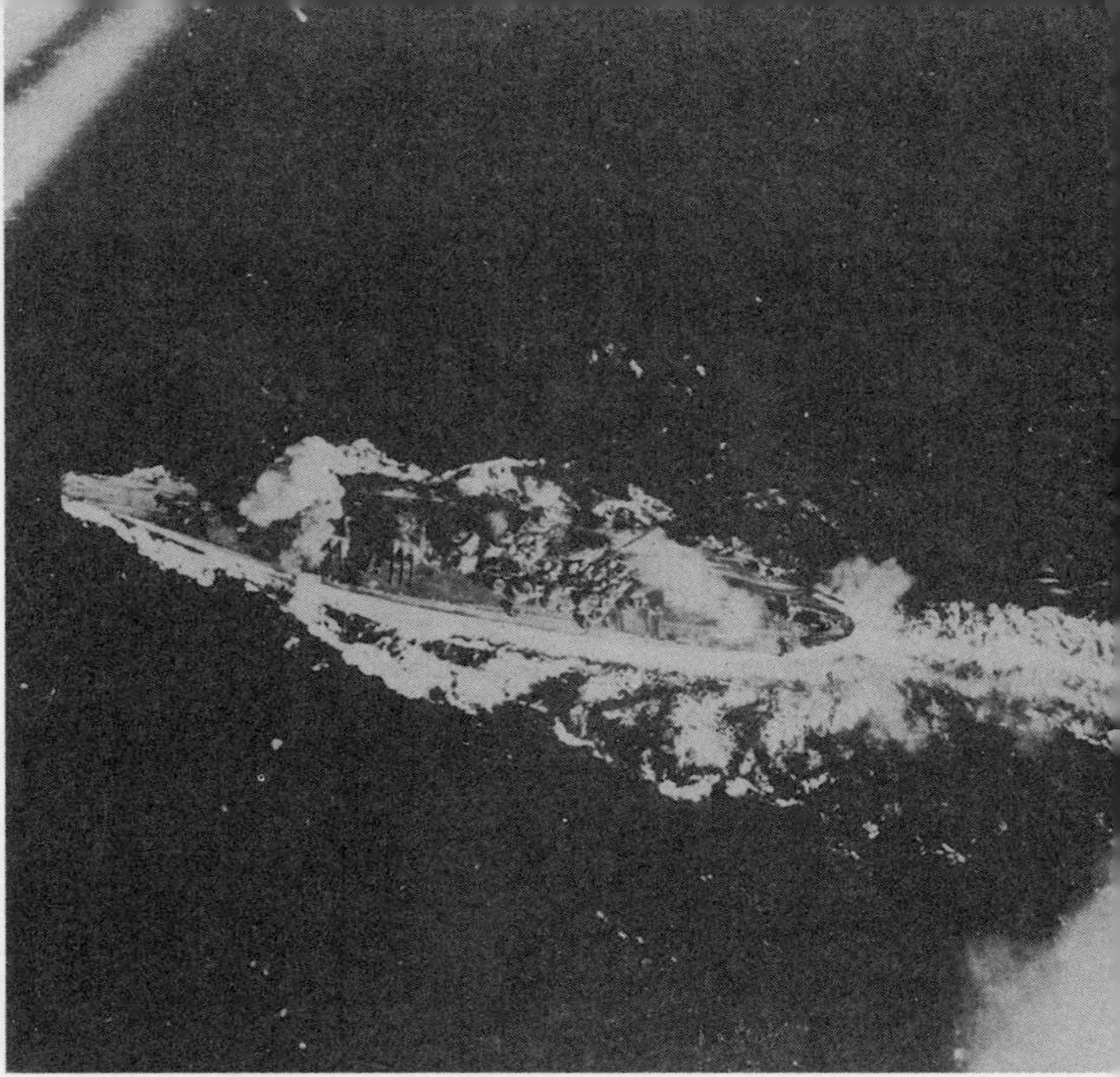

前頁と同じくシブヤン海の第3次空襲で被弾した瞬間の戦艦「大和」。前部主砲塔の前方に白煙が上がっている(上)。左は10月22日、ブルネイ湾を出撃する栗田艦隊。右より「長門」「武蔵」「大和」、つづくのは重巡群。

戦艦「大和」レイテ沖の七日間

——「大和」艦載機偵察員の戦場報告

第一章　艦隊決戦

あゝ堂々の栗田艦隊

昭和十九年十月二十二日午前八時過ぎ、森下艦長はしゎがれた声で低くおだやかに、「前進微速！」を令したと、通信科の同僚の少尉は、その後もよく話題にしたものだった。

われわれのうちでは彼ひとりがその時刻に艦橋にいあわせて、レイテ沖海戦に向かう「大和」の一週間の作戦発動を令する、緊迫の一瞬を見た。そのことを多少うらやましく思う、私たち予備少尉の心理を彼は見すかしていた。

一見、野人然とした小柄の森下信衛少将がうちに秘めるようにもっている心の柔軟さ、ナイーブさ、寛大さは魅力あるものであった。それが艦内の十人の予備新少尉たちにも満遍なく向けられていて、乗組員のうちの少数派であるがために、気むずかしくなりがちであった私たちの心を、この作戦開始までの二ヵ月余の間に、すっかり魅了してしまっていた。

少将が、われわれのうちのひとりに向かい、プロ士官同士では旧来のとらわれた考え方になりがちだが、予備士官たちの乗艦を迎えて、君たちの新しい考えに期待しており、フランクに意見を述べてほしいと語ったことは、皆の間にたちまちに伝わった。

加えて、森下艦長が、つづく二十三日から二十六日までの戦闘行動中に示した、米機群から仕掛ける魚雷、爆弾を回避する「大和」操艦の妙技は、加速度的に彼の人気を艦内全員に確実なものとしてしまった。

それらのことを考え合わせれば、「大和」がブルネイ湾に始動したそのとき、「大和」第一艦橋に史上最大規模の海戦に発進する劇的な場面が、ふいにはじめられたのだと、私たちにはいまも思えてならない。

ボルネオ島ブルネイ湾の朝の海面を、第二艦隊三十九隻のうち、主力である栗田艦隊三十二隻が間隔をとり、長蛇の単縦陣形に並び、先頭は湾口を出はじめてゆく。

「大和」後部にある飛行甲板では、スクリューの振動が伝わってくる。緑色の三種軍装（戦闘服）に着がえた私は、「大和」に後続して戦艦「長門」が微動しはじめるのを、飛行科の数人の士官たちと並んで見まもっていた。

突然、私は背後から同僚の後部電探室担当の大森少尉に、肩を軽くふれられた。彼は艦橋前檣にかかげられたR旗をふり仰ぎ、アゴをしゃくった。

「勇ましいことだ。日本海海戦だな」

それから彼は、矢つぎ早にまくしたてはじめた。

「皇国の興廃、この一戦にあり……か。この旗があがるのは、この戦争では、これで三度目なのだそうな。最初がハワイの真珠湾軍港奇襲だろう。それから何とかいったな、この前の作戦だ。負け戦《いくさ》さ！　三度目が、今回の捷一号作戦になる」

「ああ、二度目はマリアナ沖海戦だ」

戦艦「大和」――第２艦隊39隻のうちの主力、栗田艦隊32隻の中核としてレイテ突入をめざした。艦尾甲板には２基のカタパルトや開口部がある。

艦首方向をよく見ると、なるほど彼が日本海海戦を連想するだけあって、第一艦橋、第二艦橋、艦橋最上階の防空指揮所、艦橋後部の信号艦橋といった上部の出っ張り部分が、すべてハンモックをロープで固縛したマントレットを外壁として、丹念におおいつくされている。それは、古い海戦図などに描かれている艦橋の白い擁壁そのものであった。

上空のマストには、お誂《あつら》え向きに赤黄のR旗が、微風にはためいている。現在では赤黄に染めわけられたR旗が、Z旗の「皇国の興廃この一戦にあり、各員いっそう奮励努力せよ」を意味している。

ふり仰ぎ、苦笑する私に、大森は早口でいった。

「栗田艦隊は戦艦五隻、重巡十隻だからな。将旗だって、何本もあがっている。昨夜、ベッドで同室のとかぞえたんだが、中将旗は栗田、宇垣をはじめ各戦隊司令官を合わせて六本だ。少将旗は『大和』『武蔵』『長門』の艦長が、このたび少将に昇格したので三本と、お目出たい。にぎやかなことだ」

「…………」

「それに、今日の昼からブルネイ湾を出る陽動部隊の西村中将の将旗もある。戦艦『扶桑』『山城』、重巡『最上』、駆逐艦四とありゃあ、陣立てだ」

つぎつぎにとび出してくるテンポの速さに、私は口もはさめずただ笑っていた。彼のひどくニヒルな言葉づかいには、彼の不安なおもいが屈折してこめられている。私はその優しい目を見つめた。彼ははにかみ、まばたきして、

「生きてろよ、お前さん。艦ではおとなりの配置だがね。飛行機で飛びたちゃあ、お前さん、ひとりぼっちの大空だからな」

言い終わって大森は、ああ忙しい、忙しい、とつぶやきながら、後方にいる「長門」がにわかに敏捷な動きで回頭を早め、「大和」の主軸線後方に追随しはじめるのを見つめていたが、私のほうをふり返りもせずに立ち去っていった。

いそいで歩き去る後ろ姿を、私は目で追いながら、おそらく彼は後部電探室を出て、前方の艦橋上部の測的所・電探室へと細い上部通路を伝っていきながら、中途でモンキーラッタルを垂直にわざわざ降りて、飛行甲板まであと戻りしてきたにちがいないと気づいた。

彼は捷一号作戦発動のこの時点で、どうしても私に言っておこうとしたことは、それは私の飛行機搭乗配置への危惧であったと思えてくる。

彼の軽口ぶった話しかけに、私は、飛行科のパイロットは俺以外は一流の構成だからと、気軽に応じればよかったのであろうが、かたわらには飛行科の特務士官がいて、私には大森と予備士官同士のむつみ合いをあらわにすることがはばかられた。

ここしばらくの間、大森の思いは、周囲の同僚たちがそれぞれに見舞われる危険を推測す

ることに集中しているのがわかる。そうすることによって彼は、彼自身が現在おかれている状況を、明確に確認するようであった。

右舷中央の舷側に並ぶ四つの機銃座を統括する照準器内に、同僚の予備少尉の友田、鈴木が指揮官として配置されている。友田は最近になって、主砲射撃の爆風のことをよく口にするようになった。あれを撃たれると、アーマーのなかに旋風が渦まき、機銃座の銃身は身ぶるいするし、照準器内の計器は使いものにならないはずだと、実際に主砲の熱風にさらされでもするように、上半身を伏せるジェスチャーをする。

友田がとくに主砲爆風のことを意識していうのには、マリアナ沖海戦で空母「千代田」を「大和」の主砲が援護射撃して救ったおりの経験談を、前任者からでも聞いているためであるらしい。

著者——戦艦「大和」飛行科搭乗員としてレイテ海戦に出撃。

左舷の同じく中央照準器にいる優秀な農学者のタマゴである関原少尉は、なんと寡黙であることか。いつも聞き手にまわり、黙って笑っている。私が左舷甲板を歩いていき、関原が照準器のアーマーから首を突き出しているのと、たまたま視線が合うようなことがあっても、彼は気弱く、はにかむように微笑するていどで押し黙っている。

私たちがさらされている圧倒的な危機を深く理解しているのは、むしろ関原のほうで、彼の寡黙に、かえって私はさしせまった事態を全面的に受容する骨太さを感じさせられてならぬ。学者とはそのようにして、対する事態をすべて腹中におさめるものなのか。

ブルネイ湾を出てから、続航の「長門」が速度をまし、「大和」の横に来て並ぶ。第二艦隊司令長官栗田健男中将座乗の重巡「愛宕」を先頭に、つづいて「高雄」「鳥海」、そして戦艦「長門」となって、左隊列を組んでいく。

「大和」の列の前方を見ると「妙高」「羽黒」「摩耶」と、これも重巡三艦が並び、後ろに戦艦「大和」「武蔵」とつづいていく。「大和」と「長門」の左右二列をつつみ込むように、駆逐艦の列が一、二、三列と、縦に配置されている。これが第一部隊で、ここからはるか六キロメートル後方に、第二部隊の左右二列がつづいてくる。

左列は戦艦「榛名」の前に重巡「利根」「筑摩」、右列は戦艦「金剛」の前に重巡「熊野」「鈴谷」がつづき、三列の駆逐艦列がつつみ込んでいる。これは本来は対潜警戒航行の隊形なのだ。リンガでの百日訓練で、いくどか上空から見た陣形であった。

陽動部隊となった戦艦「扶桑」「山城」、重巡「最上」と駆逐艦四隻は、半日遅れをとってブルネイ湾を発進し、フィリピン群島の南海面のスル海、ミンダナオ海を通って、レイテ湾に西方から進入する。私たちの主力部隊は、パラワン島沿いに北上して、ルソン島南海面のシブヤン海を迂回し、サンベルナルジノ海峡を出て、サマール島沖を北からレイテ湾に向かう。

私の戦闘配置は飛行甲板、格納庫で、他の分隊士や二十数名の兵員とともに過ごしていた。しばしば対潜戦闘のラッパが艦内に鳴りひびき、隊列はきびしく之字運動をくりかえす。

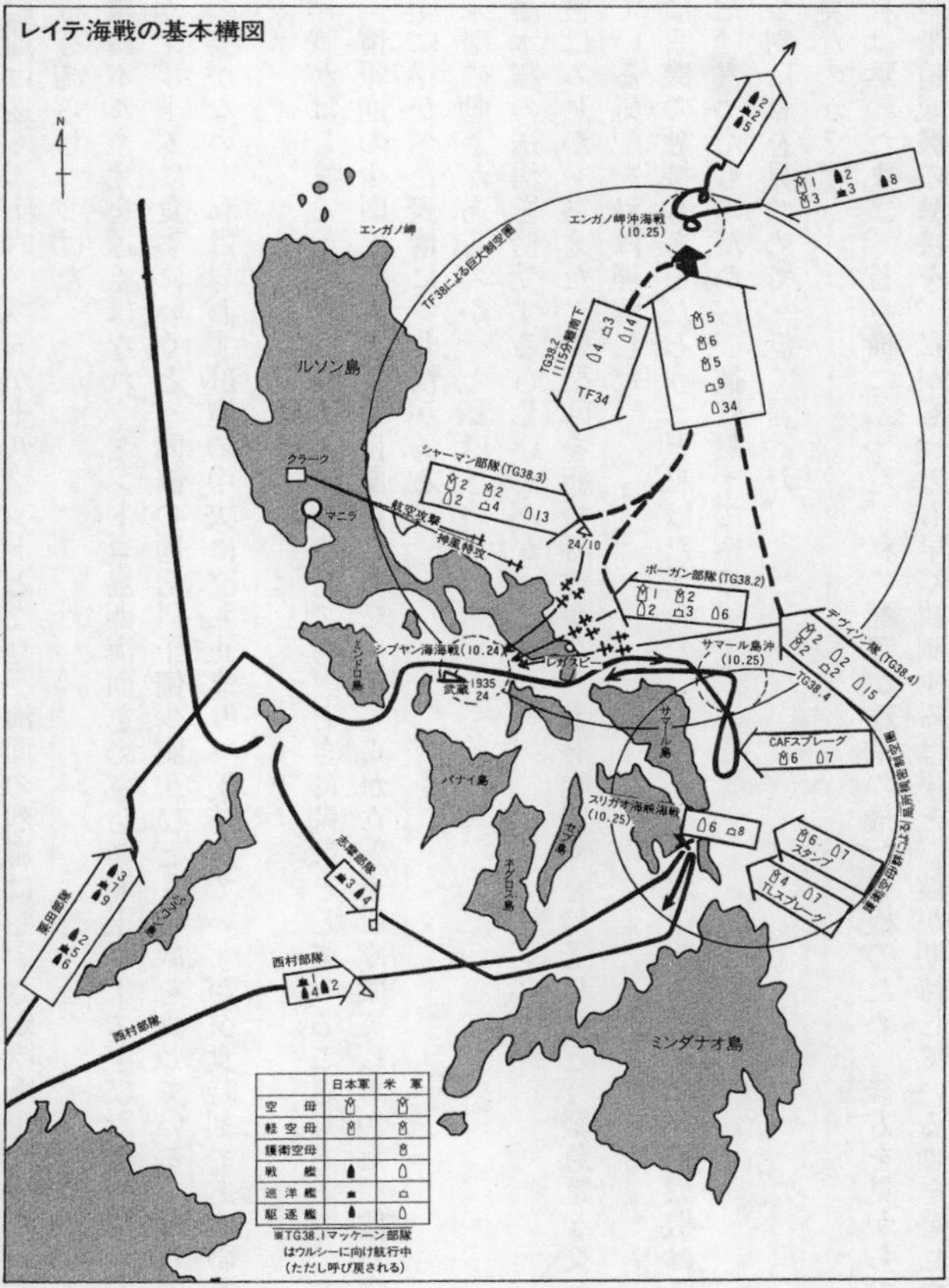
レイテ海戦の基本構図
N
エンガノ岬
TF38による巨大制空圏
エンガノ岬沖海戦（10.25）
TG38.2
1115分離南下
TF34
ルソン島
クラーク
マニラ
シャーマン部隊（TG38.3）
航空攻撃
神風特攻
24/10
ボーガン部隊（TG38.2）
ミンドロ島
シブヤン海海戦（10.24）
レガスピー
1935
24
武蔵
サマール島沖（10.25）
デヴィソン隊（TG38.4）
TG38.4
サマール島
CAFスプレーグ
パナイ島
スリガオ海峡海戦（10.25）
ネグロス島
セブ島
スタンプ
TLスプレーグ
護衛空母群による局所航空制空圏
志摩部隊
栗田部隊
パラワン島
西村部隊
ミンダナオ島
日本軍
米軍
空母
軽空母
護衛空母
戦艦
巡洋艦
駆逐艦
※TG38.1マッケーン部隊
はウルシーに向け航行中
（ただし呼び戻される）

艦速は速く、十六ノットが十八ノットとなり、海面の烈風にしぶきが吹き上がって、左舷甲板を濡らしつづけた。

艦はボルネオを遠くはなれ、ミンドロ島西海面をめざして北上コースをひた走っていく。ガンルームに食事にいくと、同僚の通信科予備少尉がひとりで飯を食っている。ほかに室員の姿がない。私は思わず部屋の中央に立ち止まり、腕時計でいまが夕食時刻であるのを確かめた。

作戦がはじまると、ガンルームは食事時でも、ときに閑散としていることもあるのであろう。情報通の少尉と二人きりで目を見合わせ、どちらからともなく微笑しあった。彼の勝気な顔に浮かべた表情に、非情がある。

「米潜の動きがあるのか」と私はきいた。

「潜水艦の送信を傍受するらしいんだが」

彼はみじかく答えた。輪型陣を組む各艦から、米潜発信電を傍受したと、緊急電が交わされている気配を私は理解した。

「偵察機の触接もあるだろう」と私はたずねた。もっとも、私は手みじかに「偵察機は?」とだけ言ったものだから、彼は黙っている。

少尉は私を見つめて、低く言った。

「見たのか?」

私は黙ったまま、首を横にふった。私の配置が艦尾の飛行甲板のため、後方を見がちである。米哨戒機の触接を、私がもっとも早く観測するはずと、彼が期待しているのを感じた。

痛恨のパラワン海峡

十月二十三日の早朝六時三十分、艦隊はパラワン海峡の中央にさしかかった。私は飛行甲板にたたずんでいた。整備兵は私の後方に、間隔のある二列の縦列に並んで腰を降ろしていて、その先頭に自分が立っている。

対潜の早朝警戒が開始されたばかりで、輪型陣の各艦は所定の数分ごとに、之字運動の一斉回頭をとっていく。明ける海上に一条の航跡をひく左前方の重巡列の偉容に、私は目を奪われていた。開戦いらいの戦闘を切り抜けて、いま日米両軍の艦隊決戦にのぞむ。今朝の一万トンクラス重巡は、リンガ泊地で見なれた艦型が、いまは決死行の威厳にみちた艦容になっていると思える。

明けそめて海は碧く、波静かな海面に長い航跡がかさなっていくと見るうちに、先頭の「愛宕」の右舷側艦首ちかくに突然、魚雷命中の水柱が上がった。つづいて二つ、三つ、四つと水柱をかぞえていると、つづく「高雄」の右舷中央にも白い水柱が上がり、さらにもう一本、艦尾に白い水柱がゆっくり立ちのぼる。「ズオーン」と轟音が伝わってきた。「大和」との距離は、四千メートルほどだ。「愛宕」には第二艦隊司令部があり、栗田長官が座乗する。「愛宕」は左に軽巡「能代」、右に駆逐艦と並び、旗艦先頭の陣形であったが、わずか十数秒のあいだに、右舷に四本もの魚雷を許したのである。

この狭水道に護衛の駆逐艦を先行させず、真っ先かけて進撃するその闘魂は、なにを根拠の剛毅であったのか。いくどか見た栗田長官の渋面が、私の脳裏をかすめる。　整備兵たちは立ち上がって私の周囲に来ると、『愛宕』がやられた、『高雄』も」と叫ぶ。

命中魚雷の多い「愛宕」は、黒煙のなかに横倒しになっていく。

「高雄」も傾き、「愛宕」は早くも遠い波間に赤い腹が見えはじめている。三列の駆逐艦が増速して、海面に爆雷を投じる。輪型陣内の海上に轟音がとどろく。

私は左舷甲板の兵たちから遠ざかって、右舷機銃群に近づいて、立ち止まった。「大和」はするどく左回頭してゆく。これほどの急激な回頭に、艦内に艦体のきしみ音がひびきわたる。

突然、右方向の海上に、鋭い轟音がとどろき上がる。金属的な爆裂音のあまりのすさまじさに、私は反射的に上半身をかがめ、その方角を見た。私のいた右舷側から真横千メートルの海面に、水柱と黒煙とが噴き上がってゆく。重巡「摩耶」であった。

輪型陣の右縦列で「大和」のすぐ前を走り、いまいっせいに左回頭して「大和」の右に並んで航行していた「摩耶」が、噴煙のなかに姿を消してゆく。見上げるマストの頂上の十字架が、水柱と黒煙との頂にちらりと見え、すぐに隠れた。

噴き上がった大量の水柱が落下し、爆煙がすそ広がりにうすれてゆくと、もはや海面に重巡の姿はなかった。

「『摩耶』がいなくなった」

飛行整備兵のひとりが、私の横に駆けよって叫んだ。海面の青には、米潜が放った四本の並行した白い雷跡が、まだあざやかに刻み込まれている。

私の鼓膜につき刺さった先ほどの轟音は、米魚雷の爆発音だけではなかった。「摩耶」が艦内に内蔵している魚雷、砲弾、それに機銃弾までもが瞬時に誘爆した大量炸裂の轟音だった。轟音の終わりに、機銃弾のこまかい炸裂音を私は聞いた。

数十秒の間に重巡の姿が消えた。艦体が爆裂した海面が見とおせるほどに煙がうすれるのには、その先いかほどの時間が経過したのか。息を呑む間の轟沈であった。

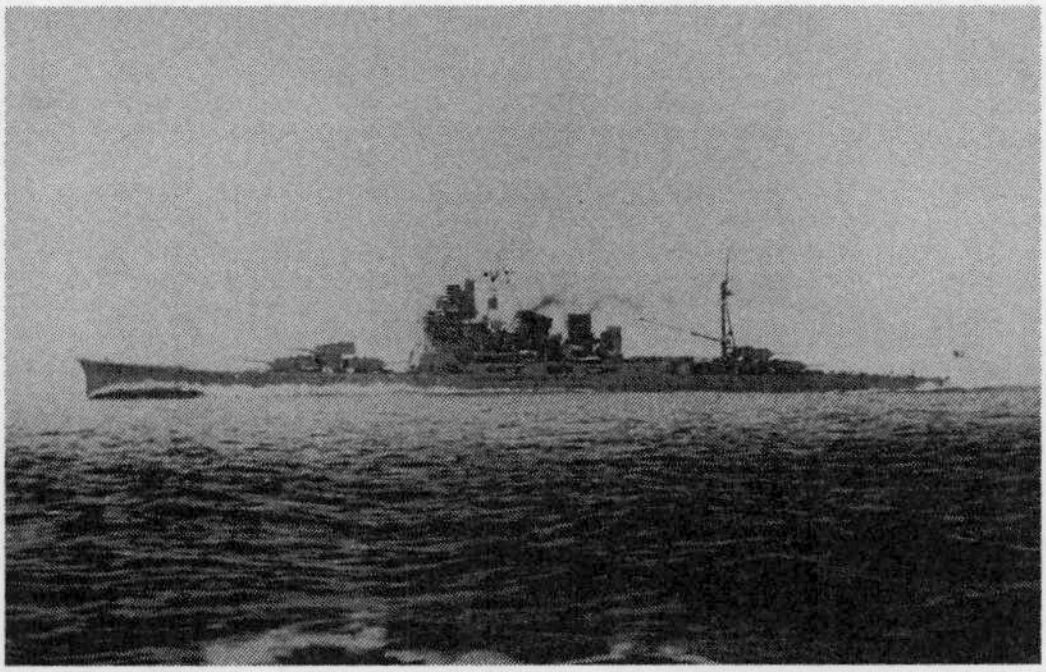

重巡「愛宕」——栗田中将の旗艦であったが、敵潜水艦により撃沈されたため、第２艦隊司令部は戦艦「大和」に移乗した。

いま「大和」は、さらに右回頭に転じ、「摩耶」爆沈の海面を急速に遠ざかる。中空につき上がった爆煙が拡散して、うすれる白煙の中央あたりに、なお破壊のエネルギーが早い回転を止《や》めないでいるのが見える。回転する白煙の渦は海面に降下し、その下部が平らにたな引きはじめる。

轟沈した「摩耶」には案外に生存者が多く、乗組員の半数にちかい六百名ほどがそのとき、付近の海面を泳いでいたはずであるのに、私には人の姿や浮遊物を見かけた記憶がない。飛行甲板右舷に立つ私の位置からは、はやすでに相当のへだたりができていた。

いまもあざやかに思い起こされるのは、なめらかにうねるネズミ色の海面に、爆煙が低くわだかまりはじめ、煙の糸を幾条も横に引いてうすれていくさまが、そのあたりの静けさをこめて、私の内部になだれ込んできたことである。

私は、むなしさに息をひそめていた。はじめて接する米軍の戦闘力の圧倒的な強力さに、呆然としていた。「大和」の艦尾方向に遠ざかっていく、大量殺戮の名残りを忘れることはないと思う。

艦内に対潜戦闘が令されていて、高角砲座は砲身を水平にかまえる水平射撃の態勢である。弾丸をこめ、砲身を移動する金属音や、リンガ百日訓練に聞きなれた号令が、砲座の縦列の後方にたたずむ私のところまで伝わってくる。

艦尾の飛行甲板では、零式観測機の機体に整備兵がいっせいに取りついて、整備作業をはじめた。飛行機の向こうの水平線は、爆煙のためか妙に不鮮明でかたむいて見え、重巡「利根」「筑摩」「熊野」「鈴谷」、戦艦「金剛」「榛名」など、十二隻の輪型陣が整然とつづいて来る。

カタパルト上にある一機の高いフロートの背で、年若い整備兵が体の平衡を失いそうになり、ぎこちなく腰をかがめた。暴れん坊の一等兵曹が、すかさずいつもの啖呵《たんか》でみなを笑わせる。

「バッキャロー、金持ちのお嬢さんのような、みょうな格好すんな」

私にはいま、不思議にもいらだたしい気持はなかった。無風、澄んだ心境であった。最後の時刻までを、淡々としたふうに皆のあいだで過ごしたいものだ。そうしていなければならぬとの思いであった。歴戦の兵たちはいま、ことさらにさりげなく、いさぎよい。私も皆の過ごし方と同じでいたいものであった。

十分ほどの間か、二十分には足りぬ時間に、「愛宕」「高雄」「摩耶」の三重巡の四千人を越す乗組員のうち、艦内深くいた半数以上が、爆裂のなかに霧散したにちがいない。奇跡的に海上に息づく者たちの生命も、米潜のひそむ海域でどれほどが救助されるのか。

重巡「摩耶」——パラワン海峡を航行中、「愛宕」「高雄」が被雷した20分後に、アメリカ潜水艦デイスによって撃沈された。

　あわただしい駆逐艦の動き、速度をはやめて急行し、爆雷を投下すると、反転して「愛宕」被雷の原位置にたちかえる。泡立ち、煮えたぎる海面。駆逐艦の低い艦影は、波だった海面に見え隠れする。艦尾に白く噴出するスクリュー波だけが、あざやかに目に映《は》える。

　海面にただよう人員を停止して救助する駆逐艦は、いまだ海中にひそむ米潜に、薄氷を踏む思いであろう。米潜の接近を昨日から各艦は予知していたはずが、どうしてこのような大打撃を受けることになったのであろう。

「大和」は鋭い切れ味で、回頭をくり返している。

私は艦橋後方のラッタルを伝って搭乗員待機室にのぼり、第一艦橋をのぞいて見た。

艦橋内は人影が多く、騒然とした雰囲気で、めずらしく森下艦長の姿が前面の窓際に見える。短軀、胸にとまった双眼鏡の上に腕組みをして、前方を見わたしながら、ときに騒がしい周囲を憮然としたかわいた表情でふり返る。

戦後に、この時刻について、私は主として米軍側の資料を見ることが多かった。

ボルネオ島北方のパラワン島は北東に長く四百キロメートル伸び、西岸沿いに海底が隆起してパラワン海峡が潜在している。その北東にのびる海峡付近で雷撃が行なわれ、米潜はダーター、デイスの二隻であった。

ダーターが「愛宕」に千メートルの近距離で艦首発射管より四本の魚雷を発射し、反転して艦尾から続航する重巡「高雄」に魚雷二本を発射して、それぞれ命中させている。二十分後、デイスも「摩耶」を千メートルの近距離で四本同時発射で雷撃し、轟沈させた。

私がそっとのぞいた第一艦橋が騒然としていたのは、「愛宕」「摩耶」の沈没、「高雄」舵被雷と椿事があいついだショックのためであった。

駆逐艦に救助された第二艦隊司令部の栗田長官から、

「『大和』に移乗の予定である。本職移乗まで宇垣中将が第二艦隊の指揮を執れ」

と連絡があった直後のことでもある。第二艦隊主力部隊の輪型陣を「大和」が中核となり、誘導して危険な海峡を無事に通過しなければならない。あわせて、米潜の再度の雷撃を避けおおせねばならぬ。あのとき、天井の低い小づくりの艦橋には、緊迫が渦まいていた。

パラワン海峡には岩礁の露頂はないが、長さ二百七十七キロメートルの狭水道である。残り半分の百三十九キロメートルをあやまりなく通過する責務が、「大和」のしめす針路に不意に加わってきた。重い責任が、艦橋のみなの肩にのしかかっている。

あらたな論議が、喧噪がわき上がる。艦長をまき込んでの討議ともなった。

戦闘時、つねに艦橋最上階の防空指揮所にいる森下艦長が、そのとき一階下の第一艦橋の窓際に立って、ややあわて気味の諸公を、いくぶん力抜けした表情を浮かべてふり返っている。とっさのことだが、私にはそのようにうかがえた。「大和」の万般をあずかる艦長の心掛けからすると、みなの狼狽ぶりに、森下は、むしろあきれ返っていたにちがいない。

ところで、私が第一艦橋の右舷側の入口にたたずんだのは、ほんのしばらくの間で、すぐに艦橋裏側の搭乗員待機室にひき返した。思い起こしてみると、その間に第一艦橋にいたはずの宇垣纏中将の姿を、私は見落としている。

誰に聞いたかの記憶は消えているが、「愛宕」が被雷した瞬間をいち早く望見したのは、宇垣であったという。

「なんだ」

提督はするどく言った。苦笑がその能面に浮かんだ、という。彼にしてみれば、「(慎重、細心な参謀たちがついていながら、いきなり雷撃を四つも受けるとは)なんだ」と、言うほどの意味合いか。

宇垣司令官は麾下の第一戦隊(「大和」「武蔵」「長門」)を指揮して、レイテ湾になぐり込むほどの闘志を、平素から周囲の者に隠さなかった。とにかくいまは、「大和」の目の前で重大な失策をやらかした参謀群を引き連れて栗田第二艦隊司令長官が、「大和」に移乗して来るというニュースが、つづいてもたらされた時刻でもあった。

「大和」には艦隊作戦に必要な資材が、あらかじめ充分に搭載されていると、私は情報通からおりおりに聞かされていた。事態は、宇垣中将の闘志にたがう方向に動きはじめていた。大事な時点で、私は宇垣の姿を見落としている。

私が第一艦橋をかいま見たのは、艦隊針路がなおパラワン島西岸沿いを北上しつづけねばならないのなら、対潜哨戒の飛行機発進の議決が、そこで第一戦隊航空参謀たちによって行なわれるであろう、と予測したためであった。

それにしても、新しい事態のあれやこれやがつぎつぎと「大和」艦橋にもたらされるとき、宇垣の顔にそのつど浮かんだ表情を、私は見ていない。


かえすがえすも残念だが、そのとき提督の姿は、たしかに第一艦橋にはなかった。彼は事態の激変にのぞんで、ひとりになる癖があったのではないか。

艦隊司令部の移乗

それから、どれほどの時間がたってからのことか。艦隊には対潜警戒がたびたび令され、「大和」はあいかわらず鋭く之字運動をくり返していく。私は通信科に向かった。敵潜の送信などの動静を、そこでは豊富に入手しているはずだ、との思いが私にはあった。

聞き知った最初のことは、「愛宕」沈没後に栗田長官以下の艦隊司令部要員をほぼ収容した駆逐艦「岸波」が、やがて「大和」に近づくだろうということであった。

小柳冨次少将。「大和」移乗の時に足を負傷していたという。

午後おそく、四時半ごろにもなっていたか、回避運動の連続で起こった隊形の乱れも回復したころに、駆逐艦が「大和」の右舷後方から接近してきた。

「『秋月』か」

「よくご存じでしょう、艦型は」

若い整備兵が私の質問をはぐらかす。私は、近寄る細身の軍艦の甲板の、あわただしい動きに目を奪われていた。「大和」も速度をゆるめる。

「大和」の右舷中央あたり、舷門後方の最上甲板と、駆逐艦の艦橋最上部とに橋渡しされた板を伝って、「愛宕」にいた第二艦隊司令部が移乗してくる。つぎつぎと高官が「大和」に移ってきた。駆逐艦で譲りうけたのか、濃いネイビーブルーの将校レインコートに、双眼鏡を胸にたらした参謀がいる。

「大和」側の居並ぶ士官が、いっせいに挙手の礼で迎えるのは、栗田長官、小柳参謀長らであった。かかえられて歩みいる、痛々しい姿もまじっていた。

私は飛行甲板から、急いで群れに近づいていった。乗り込んできたグループの中から、私に挙手の礼を送る者がいた。気づいて、私も急いで答礼する。

顔見知りの学校後輩だった。彼はうしろの者に押されて、艦内に入る扉の向こうへ消えていく。言葉を交わすひまもない。「愛宕」撃沈の悲運を突破して生き抜いた彼を追おうにも、つづく高官の列のために果たせない。

さだかではないが、そのおりの移乗者は三十名ほどであった。両艦が前進微速のうちに、うねりに揺られながら、あわただしく行なわれたのであった。

「愛宕」が傾いたとき、司令部員は舷側をすべって海面に降りた。小柳冨次参謀長が混雑にまきこまれ、足を強く打ちつけて負傷していると、今泉分隊長が私にささやいた。

これで「大和」には、栗田、宇垣と、森下、小柳の将旗が四本揚げられることになった。

その後に「大和」左舷に近寄ってきた駆逐艦から、八百名ちかい重巡乗組員の移乗があった。対潜警戒発令の緊迫した状況の中である。

「大和」でいつ用意していたのか、幅一メートル以上の板を縄でむすんだハシゴを駆逐艦の甲板にたらす。濡れネズミの兵員が、ぞくぞくと「大和」の左舷最上甲板におどり上がってきた。

早く早くとせかせる声が上がる。

「大和」から幾本もの竹竿がのびて駆逐艦の接触を防ぐ。両艦のスピードは、先ほどの「秋月」よりも早く、「大和」の煙突付近に立哨する見張りは多人数になっている。するどくホイッスル（笛）が吹かれ、細身の駆逐艦は急速に離脱していった。

ガンルームの夕食の席で、第二艦隊司令部は上甲板左舷の諸室を使い、第一戦隊司令部、「大和」幹部は右舷によった。第一艦橋も、そのようにいちおう区切られる。従来どおり、第一戦隊「大和」「武蔵」「長門」の指揮は宇垣中将が執るというニュースを聞いた。

室には艦隊司令部や、「愛宕」の予備士官の同僚たちの姿が増え、にぎやかな食卓になった。みな真新しいグリーンの戦闘服に着替えており、ほっとした思いになる。

重巡「愛宕」「摩耶」沈没、「高雄」大破してブルネイ帰港で、事実上、第四戦隊は「鳥海」を残すだけとなり、「鳥海」は第五戦隊の「妙高」「羽黒」に合流して三隻編成となった。栗田の第四戦隊司令官の職はなくなったと、先ほど、室員同士のあいだで矢つぎ早に話題がとび交った。

どう考えても、今朝の米潜の先制攻撃は完全な成功だ。栗田などの艦隊司令部の挫折感が日を追って定着すると、これからは微妙な波紋が「大和」艦内に生じることになりそうだ。目印のためか、艦隊参謀は茶色のライフジャケットを着用している。通常のグリーンの第三種軍装（戦闘服）の「大和」の乗組士官には、奇異に映る。

「いちど泳ぐと、ああなるのかねぇ」

と海兵出士官までが口をすべらせる。ひそかな嫌悪や、見せかける剛毅など、そんな職業軍人同士の生地を、これからは艦内でしばしば拝見することになるにちがいない。

撃沈された重巡の生き残りのうち、八百人ちかくが「大和」艦内に収容されたはずだが、いっせいに服装を着がえたのか、どこに集まっているのか、まったくわからない。各配置に割りあてられているはずだと、整備兵はいう。

「大和」の顔なじみの下士官や古兵の表情に、きびしいものが加わった。不精ひげも多くなり、ひきしまった表情によく似合う。規律、スマートといった段階から、人殺し段階に入った歴戦の兵士たちの表情には、近寄りがたい厳粛さが感じられる。

その夜、私は寝室のベッドにもぐり込んだものの、眠りにつくのに時間がかかった。眠りにくいうちに、この日一日の、私がはじめて経験した戦闘場面が、つぎつぎに浮かんでくる。栗田艦隊の動向は、米潜によって子細に敵側に知らされたにちがいない。見えぬ敵にたいする、日本輪型陣の狼狽ぶりまでもがである。

明日のルソン島南海面、シブヤン海に迎える敵の攻撃が、数群の米機動部隊からの効率のよい飛行機攻撃であるのに加えて、諸海峡には待ち伏せる潜水艦からの雷撃など、周到をきわめた布陣が用意されているのであろう。もろもろの思いが、私の焦燥をかきたてる。

第二章　炎の空域

鳴りわたる戦闘ラッパ

明朝の米機群の攻撃は早いぞ、という思いがしだいに鮮やかになって、目が覚めた。ガンルーム寝室の階段教室状にせり上がっている寝台の間を、足音をひそませて何人かが出ていく気配がする。

となりの一段低いベッドの福原軍医少尉が起き上がった。私に背を向け、黙って身づくろいをしている。先ほど、そろって寝室を出た連中にも話し声はなかった。私も心にあふれるものがあって福原に語りかけることができず、横になったまま天井の一点を見つめていた。今日はいよいよだな、といえば、おたがい刺激が強すぎる。

飛行甲板に出る。晴れやかな天気で、空の青みの奥まで陽光があふれている。透明な水蒸気が海面から上昇して、空の青みにかがやく粒子を吹き上げるにちがいない。

左右に遠い島影があり、左には遙かに高い山容がかすむ。ミンドロ海峡を抜ければ、右がカラミアン諸島だ。水平線に丸いふくらみの島嶼《とうしょ》がつらなって、その向こうに低く島の稜線が水蒸気に揺れている。

艦は、いま何ノットで進んでいるのか。南シナ海から海峡に、せめぎ合って侵入したのであろう大きいうねりが、艦を追い抜いていく。「大和」の艦腹から飛び魚が飛びたち、艦が曳く蒼いうねりに腹ビレで白線を引き、遠くの蒼色の海面におどり込む。

輪型陣は、何分間隔かで之字運動をくり返しているらしい。「大和」は後方から追いかけて来るうねりを、苦もなく引き離してすすむ。之字を描いてすすむ角度で、抜きつ抜かれつ、うねりとたわむれている。

各艦は、接敵警戒序列をとっている。昨日の方型陣から、輪型陣に切り換わった。対空戦闘態勢である。各艦の射線のかさなりを目で追う。戦艦、重巡、防空駆逐艦の両舷上空百八十度の射線が、重複に重複をかさねて頼もしい。

「大和」の後方の左右に戦艦「武蔵」「長門」がいて、その列を中心に重巡、さらに外側に駆逐艦が輪型陣を組む。十キロメートル以上後方には、戦艦「金剛」「榛名」を中央に重巡が囲み、外側に駆逐艦の輪型陣がつづいている。

ボルネオのブルネイ湾を出撃した三十二隻の陣容から、昨日は重巡「愛宕」と「摩耶」が沈み、「高雄」は損傷してブルネイ湾に回航された。駆逐艦一、二隻がついているので、いまは二十七、八隻になっているはずである。輪型陣の陣容が、昨日より小さく感じられる。

私は、それまでたたずんでいた飛行甲板から離れ、右舷甲板を歩いてガンルームに向かった。煙突下の高みにいる機銃群指揮官の友田、鈴木両少尉の姿に手をあげて挨拶した。照準器のアーマーから上半身を乗り出し、眸《ひとみ》を水平線にこらしている二人は、緊張した表情をゆるめ、はにかんで笑った。

ミンドロ島の南端に沿って左旋回の進路を採るようで、おりから『大和』の艦首左前方に敵の偵察機発見」とスピーカーが報じる。

急ぎ飛行甲板にとって返す。若い整備兵が指さすあたりに、空がきらきらしている。機影が肉眼では見えない。

いよいよ米軍は触接してきたようだ。搭乗員と顔を見合わせる。おおかたの飛行科の兵員は、昨日まで集まっていた飛行甲板の艦載機のそばをはなれ、格納庫周辺の艦尾甲板に降りる。そこのカタパルト支柱の扉から、さらに中甲板の居住区に降りるか、艦尾甲板のラッタルを下って格納庫に入った。そそくさと散るみなには、米機襲来の予感があった。

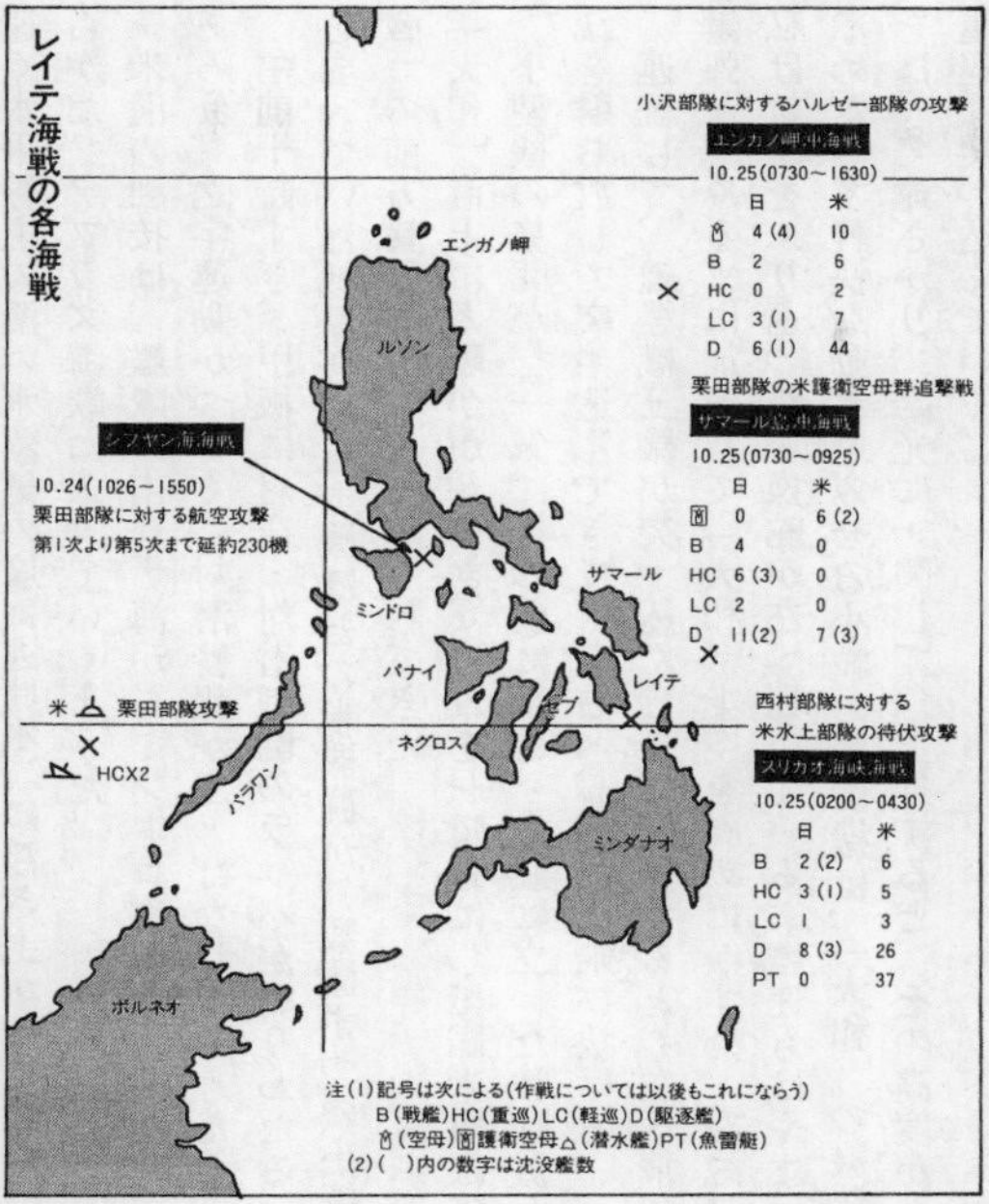

進路の左右に小島が多く、

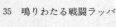

遠く水平線上の濃い水蒸気の層（逃げ水）に浮き上がっている。瀬戸内海を行くほどにうらかだ。タブラス海峡に入っていくようだ。

米潜の触接は、艦隊が南シナ海からミンドロ海峡に入った昨夜半以来、つづいているのであろう。之字運動がつづく。対潜警報が出っぱなしであったと記憶する。

午前十時すぎ、甲板に対空・対潜戦闘のラッパが鳴りわたる。艦首方向に、ゆっくり高度を取っていた戦爆合同五十機ほどの米機群が、数機ずつの小編隊に分散して、「大和」「武蔵」の前方輪型陣の中央に降下してきた。

「大和」直上に太陽がかがやき、それを一瞬背にして、米機は降下する。

小型機の集団が、一気に目の前に来た。先頭に立った戦闘機が「大和」艦橋上空から、機銃を射ち放しで突っ込んできて、左右へ、前後へ飛び抜ける。

連続して、艦爆機三機が突っ込んできて投弾すると、左へ飛び去る。三つの黒点となった爆弾が、みるまに加速して「大和」上空を斜めにかすめ、左舷海面に水柱をわき上がらせた。私は航跡をふり返った。操舵が左へ利いている。艦速もはやまっていく。

めだって軽快な動きをみせる小粒の戦闘機は、「大和」の機銃掃射の火箭《かせん》をくぐり、海面をはって遠ざかり、陽光に一閃《いっせん》して急上昇すると、その高度から三機編隊がそろって反転し重巡に突っ込んでいく。

一機が機体前部から火を噴いて、艦影の向こうの海に消えた。

さきほど、「大和」上空で受けた機銃弾のため、エンジンが発火したのである。艦尾甲板に伏せてふり仰いだとき、私には見えていた。

「大和」の飛行甲板左右舷の四基の三連装機銃群と、艦尾甲板の単装機銃が連続発射して迎え撃つ。数発に一発ずつしこまれた曳光弾の火箭が、太陽に吸い込まれていく。飛行甲板の飛行機のそばから、悲鳴を上げて駆け降りてきた兵二名が、猿のように素早くラッタルを伝い、格納庫の厚い扉の奥に姿を隠した。

「大和」は直角と思われるほど回転していく。至近弾の水柱の向こうに、中型の二機編隊の雷撃機が海面をかすめて接近すると、魚雷を放った。

鈍重に左旋回して退避するのを見ていると、先頭機があっという間に火炎につつまれ、もんどり打って海中に機首を突っ込む。二十五ミリ触発性機銃弾の威力は大きい。雷撃回避の旋回か、「大和」はまだおなじ航跡を引いていく。

艦爆機の突っ込みの角度は深く、垂直のようである。しかし、「大和」の対空放火に、どの機も引き起こしが早く、投弾は艦幅三十八・九メートルをこえて、舷側海面に炸裂して水面を沸騰《ふっとう》させる。飛散する弾片がこわい。

米機は、さして巧妙な操縦ではなく、ぎくしゃくと機体が変針する。本艦の機銃の射線をかわして、左右にジグザグ運動しようとするが、パイロットの意欲に反して、機は直進しており、艦の鋭い機銃弾幕を喰って火を噴く。

わが艦の射線が、リンガ百日訓練の成果を発揮して、敵機の機先を制して撃ちすえる。米機の四散が「大和」の左舷空域にしきりに見える。

高角砲の弾幕が上空を黒点でうめる。前後につづく輪型陣の上空は、各艦の高角砲が撃ちあげた三式弾の黒煙でおおわれる。三式弾の弾体が炸裂し、内蔵された鎖が四散して、敵機を捉える。

最初に撃ち上げるのはよく命中するのだが、その後は米機群の移動が捉えられず、案外に当たらないものだと分かり、はがゆくなる。

いまはじめて見る高空の敵機群の動きには、砲弾の炸裂を必死に回避しようとする、強い意志が込められている。その動きをにらむ。

それにしても、はじめての米軍機来襲を経験した私の心に残る、この後味はなんなのか。「大和」が四十〜五十機の戦闘機、艦爆機（急降下爆撃機）、雷撃機の米機群に一歩もゆずらず、銃砲火を浴びせて撃退したことに満ちたりていながら、私の心をふるわせて暗く余韻をひく、この後味はなんであろう。

私はそれが、米機の硬質の機体、硬質の銃火、硬質の操縦性能であることに、攻撃を受けながら気づいていたのだ。あなどりがたい戦闘力であると、ただちに思い知らされる相手であった。

三種類の米機の戦闘を、生まれてはじめて目の前にして、私は知った。飛行機とは、全身が鋼《はがね》のようであり、ナイフであり、ナイフの切れ味で空中を飛翔するものであったのだ。直角、鋭角に切れ込んで降下し、上昇し、時速五百キロメートルの高速で輪型陣の空域を飛び交い、ふんだんに爆弾を投げつけ、掃射しまくる兵器であった。

パイロットはそんな優越のなかで、座席から白いマフラーをひらめかせて、海面をあえぎ走る艦体をふり返る。私のこれまでに受けてきた艦隊偵察機の飛行訓練は、米攻撃機群の野獣性の対局にあるとしても、偵察と攻撃との性格の相違だけでなく、そこには爆発的ななにかがあった。

第二波は昼過ぎに、四十〜五十機の機数で襲ってきた。米機動部隊は、ほぼ同規模の各群に別れていて、攻撃隊を順次くり出してくるようだ。

青空に三々五々やって来る豆粒の機影をねらい、入道雲のせり上がりの白い頂きに、まず高角砲弾の黒点が風に流されて、にじみ広がる。

海面には、近くに島影がある。深みの黒から島沿いの浅い海にかけて透明になっていく。島沿いの海底の白砂に、陽光が反映するからだ。

「大和」機銃群の対空射撃は早く、高空から突っ込んでくる艦爆の前面に、あざやかに曳光弾を集中する。森下艦長の操艦が激しく繰り返されるおりは、こうはいかない。

私は二名の飛行科兵員が、七・七ミリの観測機搭載機銃のスペアーを格納庫から持ち出して、艦尾甲板舷側の鎖ロープにむすびつけ、「大和」攻撃後に海面をはって退避する米艦爆機を追撃するのを見ていた。

私の右に土屋飛曹長が臥《ふ》して、兵員たちの背後から声を掛けている。

「あれを撃て、撃つんだ」

「当たった、当たっている」

私はすぐ目の前の海面を、鮫が背ビレを水面に露出して後方へ泳ぎ去るのに目を止めていた。

南海の鮫だと思い、炎の空域の海面に浮上した、その蒼い背に見とれていた。頭上に戦闘機のうなりが降下してきて、遠ざかる。

〝幸運〟な名誉の負傷

突然、私の右足つけ根の臀《でん》部に近く、背後から衝撃があった。焼火箸を突っ込まれ、鉄棒で打ちのめされたような衝撃だ。腰が浮きあがった感触だが、痛みはない。

右に臥せていた土屋飛曹長が、その位置からすっ飛ぶように、飛行甲板のひさし下の廊下に駆け込んだ。左足だが、私とおなじつけ根に手をあてて、私を手まねきしている。

そのとき、私はまだ臥せた姿勢のまま、飛曹長を見ていた。土屋飛曹長は、自分もやられた、と左大腿部の裏側を指さしている。私の右足とおなじ部位だとうなずき、私はやおら立ち上がって、飛曹長の横へ行った。

「右足か、俺は左足だ」

苦痛に顔をしかめて、飛曹長がいった。

「おなじ箇処ですね、ご縁があるな」

年長者の練習航空隊の教官をいたわる口調に、私はなった。私に疼痛《とうつう》はない。ふたりとも、出血はさほどでもない。

兵たちが、ふたりを取り囲んだ。私は飛曹長を医務室へとうながして、腕を取った。

「いや、いいです」

といっても、彼は私の腕を抱えた右腕に体重をかけてくる。彼の傷は痛むらしい。上甲板左舷のリノリュームの廊下をたどたどしく進んでは、いくども左足を浮かすようにする。私にはまったく痛みはなく、歩ける。

右舷中甲板後部の医務室に入るのは、私にははじめてだった。これまで一度も同僚の軍医たちの配置をのぞいていない。

しかし、そのとき私と土屋が入っていったのは、戦闘中のために拡張した治療所だったのかもしれない。そこは兵員の居住区の感じであった。広い部屋に鉄柱が多い。

長身に白衣の福原軍医少尉が、入口に立った私を認めて、大声を掛けてきた。大阪の町医院の御曹司である。

「岩佐少尉、どないしたん」

私は治療所にこもる消毒液と血の強い臭いに、立ち尽くしていた。多くの衛生兵と負傷者とで、ごった返している。人いきれのなかに割り込んでいくのをためらっていた。

椅子に腰掛けた福原の前のリノリュームの床に敷かれた毛布に、二人ならんで寝かされる。ズボン、下着と衛生兵に脱がされていく。

「どちらを先にしましょう」

福原は二人の間にうずくまり、大声を上げた。室内灯のにぶい光に、彼は目だけをぎょろつかせている。

「土屋飛曹長をお願い。彼は痛がっている」と私はいい、福原の興奮をあたたかく感じていた。

「二、三針、縫います」

福原がいった。

「痛い」と、いくども飛曹長は訴えている。

「たいしたこと、ありませんよ」

福原は、傷の上へ背を丸めたままいった。軍医長が福原の手元をのぞき込んで、

「縫わないほうがいいんじゃないかな」と口をはさむ。

軍医長の声も大きい。私は負傷して、ひとの声を大きく感じるようになったのか。

「傷口を縫い合わさないほうが、膿まなくていいよ」

福原は不機嫌に手術糸をハサミで切る。私の方に移ってきて、福原が私の傷口に触れるのが分かるていどで、その部分に痛みはなかった。鉄棒で打ちのめされたような衝撃で、神経が麻痺することがあるのか、と私は思っていた。

戦後二十五年以上も経ち、五十歳代になって、夏の寝冷えかなにかで右大腿部から腰にかけて疼痛がおこり、レントゲン写真を撮ったところ、腰の骨に傷のあるのを発見した。右の丈夫な骨盤に、親指大の弾片が食い込んだ傷跡がついている。

私とは旧制中学の後輩になる医師はいった。

「よくも腸を切らなかったものですね。解剖学的にも、不思議ですよ」

腸を切っておれば、戦闘治療所では助からなかったといった口調であった。弾片は見当たらず、さらにレントゲン撮影の範囲を広げようとするのを、私はことわった。

「もし骨を貫通しておれば、出血であぶなかったでしょうね。弾の出る傷口は、大きくひろがりますから」

機銃弾は甲板で跳ね、鉄の擁壁にはねかえり、勢いをそがれて、小粒の破片になったため

か腰骨で止まった。そのうえ、腸を切らない角度で、甲板に伏せていた私の太股にめり込んだのだ。

「跳弾による死が多いぞ。艦橋ではみな、それだ」と「大和」のどこかで聞いた叫び声が、私の耳を打った。

私は極上の僥倖《ぎょうこう》にめぐまれたにちがいない。あのとき、「大和」の診療室で命拾いした陽気が、私を見舞っていたのであろう。血の臭いも忘れ、茶目っ気が私の体内にかけ巡っていたにちがいない。

治療をおわって立ち上がった私に、ぶつかるばかりに治療所に入ってきた一組があった。負傷した兵を、兵曹ふたりで抱きかかえるようにして、部屋のつきあたりに座らせた。負傷兵は若かった。呼吸がせわしく、苦しい息でなにごとか兵曹にささやいている。

衛生兵にうながされて、身につけている防暑服を、兵曹たちが脱がせていく。若い兵の皮膚は、赤く焼けただれている。衣服も一部がこげていた。表皮は黒い皺になっている。一瞬に擦過する高温の火炎につつまれて、全身火傷とみえる。兵が身もだえるのを、兵曹たちがおさえて薬を塗布する。

後部機銃群の弾丸運びの応援に来ていた兵が、三番主砲射撃の爆風をもろにうけたのだと、あとに聞いたが、その兵のことであったかもしれない。

私の記憶では、ガンルームの従兵のなかに、その兵が応援で来ていたことがあったように思う。私が治療所を立ち去ってすぐに、火傷の兵は部屋の支柱を突然よじのぼり、兵曹たちに引き戻されたが、身体をエビのようにまるめて息絶えたと、従兵室のひとりに聞いた。

また、治療室の奥に、平素から身近に感じていた従兵が、重傷をおってふせっているのに気づいて近づき、傷の具合をたずねた。

手であったか、肩であったか、跳弾にひどくえぐられていて、苦痛に耐えながら、私の問いに明瞭に答えた。のちほど、私は彼と親しい兵のひとりに、作戦中であったが果物のカンヅメを届けさせた。

作戦が終わり、艦隊がボルネオのブルネイ湾に帰還したのち、彼は病院船に移されたと聞いた。私のしたささいなことに感謝していると、「大和」を離れるおりに、彼はくり返し朋輩に伝言を依頼したという。

その当時に、病院船が台湾に近づいた海域で、米潜に撃沈されたという噂も、私の記憶にある。撃沈されたのが、彼の乗った病院船であったかどうかは定かではない。日本の病院船が、南方からの物資輸送に一役買っていて、米潜にねらわれることも起こっている、という噂はあったが、私の記憶はすべて薄れてしまった。

彼は奈良県の出身の兵で、仏像を思わせる豊頬《ほうきょう》のやさしい顔だちであった。

僚艦「武蔵」被雷の瞬間

治療室を出ると、喧騒が遠ざかった。そこの廊下に、私より先に手当をすませた土屋飛曹長の姿がないので、私は艦橋上部、第一艦橋裏側の飛行搭乗員待機室に向かった。

私はなぜ、そこに向かったのであろうか。土屋飛曹長と、あらかじめ治療後に落ち合うことを打ち合わせてあったわけではない。

今泉分隊長から、「以後、ふたりは、そこで待機せよ」といわれたのは、その日の夕刻ちかい時刻であったから、治療所を出たときは、まったく私ひとりの思いつきであった。艦橋背面に架されている四段階にわかれたラッタルを、私はまず右舷最上甲板から駆け上がっていった。

機銃群、高角砲座の間のモンキーラッタル（垂直ラッタル）を伝い、第二艦橋の裏側になる旗旒甲板にのぼってから、急勾配のラッタルを艦橋後壁に沿って数段、中継の踏台を過ぎて、一気に駆け上がる。

なにかにうながされるように、私は相当なスピードで駆け上がっていった。不意に、飛行機の降下するプロペラの緩回転のうなりと、向かってくる機銃音を聞いたように思う。

私は、めざす三段目の踏台に達していた。そこの艦橋後壁の鉄扉を引き開いて、一歩踏み込んだ。と同時に、艦橋後壁に銃弾の反跳する金属音が交錯した。ふり返って見降ろすと、私につづいて駆け上がってきたらしい少年兵の身体が、ラッタルの中途で、がっくりとうずくまっていくのが見えた。血は見えない。

私との距離は、五メートル以上はあった。頭を砕かれているととっさに思い、私は艦橋内に倒れ込んだ。そこは搭乗員待機室扉前の廊下になっていた。

したたかに膝を鉄床に打ちつけた痛さが身内を走り、私の脳裏を映像がかすめた。私がそれまでに会った覚えのない顔が二つ並んで見え、奥には幾層にも顔がかさなっていて……消えた。いま、ラッタルの途中でくずおれた年少の兵の肉親ででもあろうかと思えた。

その後、私は首のない少年兵を抱き支える夢見を、いくどか経験した。機銃を浴びたときに私の脳裏をかすめた顔は、ふたたび浮かんではこなかったが、二つ三つの顔がならぶ輪郭だけは、白々といまも脳裏にある。

若い兵は旗旒甲板からの伝令だったという話は、戦後、相当の期間がたって、そのとき旗旒甲板にいた兵曹から聞いた。「大和会」戦友会の酒席でのことで、私はその兵曹と対話するのを避けて隣席あたりから聞くだけにとどめた。あのとき、敵機は、せまいラッタルを駆けのぼる私と少年兵の二人に向かって機銃を放ったにちがいない、と私には思えてならなかった。

搭乗員待機室にひとの姿はなく、誰のものかわからぬ、あきらかに士官用の手荷物が、円形に湾曲した鉄壁に沿って造りつけられた長椅子の、入口扉ちかくに無造作におかれていた。奥の深い弓形の部屋は、無人のがらんとした気配であった。

私は入口扉をとざし、回廊を十メートル歩いて、艦橋前面にある第一艦橋に行った。昨日の午後、森下艦長を見かけた右舷入口のすぐ前の席に、今日は宇垣中将（第一戦隊司令官）の後ろ姿があり、参謀がひとり、中将の耳元に口をよせて話している。

左舷側に、なじみのうすい顔ぶれが並ぶ。濃い茶色の防弾チョッキ姿であった。第二艦隊司令部の参謀たちにちがいないが、栗田長官の姿はない。

昨日、ガンルームの夕食の席で聞いたライフジャケットを、艦隊司令部員は付けている、身体から放さない、との話とはちがって、今日はずっしりとした防弾チョッキであった。第一艦橋の雰囲気を、暗く沈んだ、うっとうしいものにしている。右舷側の第一戦隊司令部員の、半袖の防暑服だけの軽やかさとは対照的であった。

　私は傷の手当が終わると、そそくさと艦橋へ向かったのだが、その意識の底には、宇垣中将への気掛かりもあったのだと、私は思い当たった。

　昨日、ガンルームで伝え聞いたとおり、重巡「愛宕」の撃沈で第二艦隊司令部が「大和」に移乗して来たため、「大和」の第一艦橋や、艦中央の幹部居住区画の左舷側を第二艦隊司令部員用にゆずったという情報を、自分の目でたしかめておきたかったからだ。

　宇垣司令官と配下の参謀が顔を寄せてささやき合っている姿勢は、あきらかに狭い第一艦橋のなかで、艦隊司令部員と同居しているせいと思えた。そう思うのは、下級士官である自分の手に余るお節介だとわかってはいても、私の心は宇垣びいきに傾いてしまう。

　私ひとりではない。この闘志をたたえた提督の、存分の働きを見たいと思うものは少なくなかった。連合艦隊参謀長であったころに宇垣が企画した連合艦隊司令部のラバウル進出、さらには、最前線視察で司令長官山本元帥の戦死をまねいたという。昨年四月のことである。

　捲土重来、提督が機に臨んで示すにちがいない閃きに、期待するものは、少なくないはずと私は思っていた。

　敵はあまりにも圧倒的な勢力であった。しかし、第一戦隊の「大和」「武蔵」には口径四十六センチ、射程四十二キロの主砲九門がある。米新鋭戦艦の射程とは、五千メートルもの格差があるのだ。

　私は飛行甲板に引き返した。先刻、すぐ下の艦尾甲板で負傷したとき、兵員には飛行機格納庫に入るように言ったのに、私自身がしょうこりもなく、飛行甲板の五機の飛行機のそばに集まり、たたずんでいる兵のあいだに入っていった。

土屋飛曹長の姿をさがしたが、見当たらない。兵員たちも、彼の姿を見掛けなかったと口をそろえる。それでは、自分の寝室のベッドにでも行ったのかと思っていると、兵員のひとりが、「武蔵」が一発食らったといいだした。「武蔵」の艦尾右舷に水柱があがったという。

旗旒甲板の兵員が、「武蔵」は「大和」より前に出ていて、米雷撃機群が「武蔵」を一番艦とみまちがえて、攻撃を集中したと話し合うのを、私は艦橋背面のラッタルを伝い降りながら耳にしていた。おなじような表現を、飛行科の整備兵からも聞く。

「武蔵」に異常があるのかという思いで、私は「大和」の左後方にならぶ艦影を凝視した。塗り替えたばかりのきれいなネズミ色の艦体が、なぜかわびしく見える。

私の横で、「武蔵」被雷をいいだした兵が、吊るし上げられている。その兵のいう右舷後部の被雷箇所は、以前に「大和」が米潜の魚雷を不意に食らった位置とおなじだと、反論されている。昭和十八年暮れ、トラック泊地ちかくのことであった。

「去年の夢、見てんのか、きさまあ!」

鬼の、えらい兵曹が、叱責の口調になっている。いならぶ皆に、不安の気配があった。「武蔵」は当初、「大和」の右後方にいた。旗旒信号兵や、飛行整備兵がいう「武蔵」が一番艦とまちがえられたらしい時間帯には、どのような隊形になっていたのだろうか。之字運動のぐあいで、「武蔵」が「大和」の右に並ぶようになり、それがいくぶん先行していたのかもしれない。

そこへ米雷撃機群が、右方向から突っ込んできた。それとも、すこし後方からかを、私は整備兵にたずねたかったが、彼はひどくふてくされていた。

いまは、「大和」の左舷後方を並行して、「武蔵」はこともなげに進んでくる。

第三波は午後一時過ぎから、一、二波とおなじ四十～五十機で襲ってきた。小粒の編隊は、高度を高めながら接近してくるようだ。「大和」が全速で前進するから、そう見えるのかもしれない。主砲発射の警報で、飛行甲板から艦尾甲板に退避する。「大和」の主砲前部六門が発射された。五機命中と放送される。

米機群は、日本艦隊の進路前面で攻撃開始の高度を調節し、やおら突っ込んでくるようだ。かれらは襲撃行動を起こそうとして、満を持して息を詰める。その鼻っぱしらに「大和」の三式弾六発がけし粒ほどに炸裂して、みるまに白くかがやく弾片の三角の網目を、敵機群に向かって拡げていった。

高空に四散した編隊が、各艦めがけて降下する。

私は艦尾甲板に降りて、さきほど負傷した場所からほんの数メートルの、カタパルト支柱の陰にはりつくようにして、「武蔵」を見ていた。「大和」が来襲する米艦載機群に、熾烈な弾幕を撃ち上げ、魚雷、爆弾回避へと操艦されていくのにくらべて、「武蔵」の砲火には、もうひとつ活気がない。ことに、操艦に精彩がなかった。

いつかリンガ泊地で見た「武蔵」艦長の表情がよみがえる。砲術出身の猪口艦長は、「武蔵」の火力を強調することが多かった。水雷出身の「大和」の森下艦長は、航空魚雷回避の操艦の重要さを強調して、二人の艦長は際立っていた。そのとき、私は見た。

私は、不吉な予感をもてあましていた。そのとき、私は見た。

「武蔵」の左舷に向かって、海面を低く飛来した雷撃機一機が、艦橋前をおどり越えた。さらに一機、二機とつづいて、「武蔵」の前部主砲塔をおどり越えた。

白い水柱が三つ、四つと、「武蔵」の巨体に小さく、するどく立ち上がり、砲塔とやや中央寄りの左舷に噴き上がった。

米機がとび出してきた方角には、島が散在している。アメリカの雷撃機は小太りの黒い機影で、島影の低さにまで降下していたにちがいない。そこから狙いすまして、接近した「武蔵」の長い前半部に殺到したように見えた。

「まさか」と、私は拳をにぎりしめて「武蔵」を凝視する。

いまのは、決定的な打撃だとは思いたくないのだが、「武蔵」には減速、傾斜の気配が見えはじめている。米軍機が艦上空に機体をひるがえし、上昇、降下をくり返しはじめた。

さきほど、飛行甲板にいた歴戦の整備兵たちに不安が流れていた。やはりなにかが、遠い海面の「武蔵」に起こっていたようだ。敵機の攻撃は急である。

「武蔵」の最上甲板へ攻撃をくり返しているのは、戦闘機か艦爆か、識別できる距離ではない。ひらりと艦橋直上で機体を陽光にひらめかせて、艦首方向へ抜けた機がある。身のこなしは、戦闘機にちがいあるまい。米艦爆機の投下した爆弾を、あやうくかわしている。

垂直に降下する艦爆の下をかいくぐりながら、小粒の戦闘機群は艦上空を、ほとんど水平に飛んでいる。やや前かがみに、翼前面の機銃、機関砲を撃ちながら、「武蔵」の高角砲座、機銃座を総なめにしている。

「大和」のような覆いアーマーのない「武蔵」の高角砲座六基の混乱は、どのようであろうか。機銃群の応戦能力はどうなったのか。米機の戦闘力は、われわれの理解を越える勇猛さである。目を凝らすが、「武蔵」のいる海域は遠い。

私は、自分が「大和」の艦尾甲板からそれらを見ていることに、先ほどからショックを感じていた。

艦尾甲板は、上甲板になっていて、砲塔、銃座、飛行甲板などのある最上甲板よりは、二メートルの下位にある。「武蔵」前部の最上甲板の向こうの海面を這ってきた雷撃機の姿が、なぜ見えたのか。

私は、飛行甲板に駆け上がった。

「大和」上空に機影はない。米機はすべて「武蔵」に集中している。最上甲板にそそがれる爆弾、機銃、機関砲は雨あられとなっている。

猪口敏平少将。鋭いまなざしに透きとおる光をたたえていた。

そこは、殺戮《さつりく》の地獄であろうか。

整備兵たちが寄って来る。さきほどふくれっ面をしていた整備兵が、私の横にいる。

「武蔵」前甲板の沈下に彼が気づかないか、私はおそれていた。

海上の「武蔵」に、どのような異状がにじみ出るか。いまは、心を込めて見つめていたい。輪型陣の上空に、静けさが満ちてくる感じだ。みなが見つめている。

にいたからだ。「大和」が之字運動をくり返す。直進する「武蔵」の前路に、「大和」が左舷から割り込んでいく。さきほど「武蔵」の向こう、左舷側の海上が私に見えたのも、「大和」がこの位置にいたからだ。

遅れがちの「武蔵」は、艦首水面下のバルバスバウ(球塊状艦首)が海面に白波を押し上げて進む。重たい感じだ。たしかに、艦首の沈下が見える。

艦首の左右舷の波返しがはじき出す白波に、たっぷりとした量感がある。私は前路哨戒飛行で、この超ド級戦艦の艦首を見なれているので、異状がわかる。

予期せぬ不沈艦の脱落

「大和」「武蔵」の艦首には、半円にちかい波返しの出っ張りがある。前路哨戒や航法訓練の飛行をおえて、高度を下げて海面を這《は》い、着水の態勢に入るとき、艦首トップにある菊の紋章が、五メートル以上も前方に突き出ているのが見える。大きい波返しが半円を描いて反り返り、陽光に影をつくっている。

つぎの機会に「武蔵」の艦首ちかくを通過すると、陽光の角度のせいか、巨大すぎるバルバスバウのあたりの水面下からの照り返しのためか、舳先に日陰はなくて、ネズミ色の鋼鉄ののっぺらぼうな曲線だけであったりする。そのかわり、舳先から左右舷へ分かれていく波返しの、ひさし状のくぼみに日陰が宿っている。鉢巻のようだと思ったものである。

巨大な艦首だが、表情に微妙な様変わりがあり、私はつぎの機会には、事前に操縦の安田飛曹長や黒須少尉に知らせて、感想をうながしてみようと、たびたび思いつくのだった。だが「大和」に帰還して飛行機を降り、分隊長に飛行中の報告などを済ませるうちに、毎回のようにきまって、そのことを忘れてしまっていた。

事実、「武蔵」の舳先の近くを飛び過ぎる。「武蔵」の艦尾あたりは、「大和」が左舷最後部に振り出したデリックの先端から三角環をするすると吊り下げはじめているのに向かって、効果的な降下、着水を一心にこころみはじめるところであった。「武蔵」の全長二百六十三メートルプラス数十メートルは、飛行おわりの着水をはたすための緊迫の飛距離であった。

それにしても、あのベテラン・パイロットたちなら、見慣れた「武蔵」艦首の沈下について、私とおなじ意見を持つにちがいない。

いま、シブヤン海の西入口では、米機群の波状攻撃を浴びて、「武蔵」ひとりが遅れて苦闘している。輪型陣の空には「武蔵」の危急を注視する沈黙が流れて、対空戦闘の炎の空域は、「武蔵」上空だけに集中している。

キラキラと上空で反転して、攻撃をくり返す米機群は、「武蔵」の応戦のぎこちなさを楽しんでいるように見える。どうして、こんなことになってしまったのであろう。

今朝からミンドロ島の南海面で、第一波、第二波とはじまった米艦載機群の攻撃に、「武蔵」が主砲を発砲するさまを見ながら、私には「武蔵」の爆風よけ覆いアーマーの少ない高角砲や、最上甲板をうめる機銃群の射撃が、ひどく制約され、不如意になっていると思えた。

今次の作戦前から、「大和」艦内では僚艦「武蔵」を不安がる気配があり、私もおなじ思いを募らせていた。実戦に臨んで、現実の「武蔵」の吹き上げる曳光弾の勢いがさえず、直上にたちこめる弾幕の吐く煙が稀薄に感じられて、私は心をこめて声援していた。

『「武蔵」よ、上空に色濃く機銃、高角砲の弾幕を撃ち上げよ。艦型に曳光弾を放て」

直線的にさえ見える操艦のぎこちなさには、目をつむる思いであった。

午後一時すぎにはじまった第三波攻撃でも、「武蔵」の対空砲火はなぜか十分でない。魚雷回避の操艦のまずさが、いっそうめだってきて、みすみす米機の襲来、跳梁をひとり許している。なぜだ、なぜなのだ。

海面を全速で這ってくる雷撃機にたいし、「武蔵」「大和」のような超ド級戦艦は、あっけなく魚雷を許すものなのであろうか。

しかし「大和」は、今朝より数度の米雷撃機群の来襲を受けたが、そのつど的確に白い雷跡を回避してきている。真っ直ぐに向かって来る雷撃機の飛行には、かなりの遠距離であっても、リンガ百日訓練で鍛えた高角砲、機銃の弾幕が機先を制している。両艦の機銃員の練度に差があるはずはない。

まして、左右に操艦してやむときのない「大和」艦上からの射撃より、直線的な航行をとりがちな「武蔵」のほうが、狙いの的確さでは有利と思える。

正午ちかくにはじまった第二波のとき、前後にわかれた輪型陣はミンドロ島の南海面を北上していて、中央あたりにいる「大和」は前方に、海峡のオムスビ状の小島に向かって行く針路だった。「大和」は速力を速め、左舷の五十基をこえる二十五ミリ機銃から銃弾を放出して、走り抜けていく。

私は数発に一発ずつ込められている曳光弾の火箭が、島影に集中する見事さに、息を呑ん

シブヤン海で雷爆撃にさらされ火災を起こした「武蔵」。対空砲火は十分でなかったという——遠方で水柱につつまれているのは駆逐艦隊「清霜」。

だ。私が負傷した直後であった。

一斉射撃はだれの指示で開始されたのかと頼もしく思い、「大和」の左舷から白煙を曳いて島に吸い寄せられて行く、幅ひろい機銃の弾道に見とれていた。あれは艦橋頂上の露天の防空指揮所、水線上四十メートルにちかい視点からの指導にちがいなかった。島影から飛び出した雷撃機編隊は、みるまに反転して、進路をかえて遁走していく。

「『大和』に肉薄雷撃する可能性など、米軍のどのパイロットにもあるものか」

私は、身内に熱いものが込み上げてくるのを感じた。

私だけではない。防空指揮所に立つ森下艦長の操艦、万般の采配の独壇場といった期待が、乱戦のなかで急速に「大和」乗組員の間に定着していった。

私たちは「武蔵」の急迫の姿を、飛行甲板に立ち尽くして見ている。最上甲板にかたまって兵たちが集まっていられるほどの静かさが、午後の「大和」をつつんでいる。

「武蔵」がひととき、「大和」とは反対方向に航行していたという兵士がいた。両艦の位置は、ミンドロ島東方海上七十キロメートルに差し掛かっていたころだが、私にはその覚えがない。重傷を負った「武蔵」にたいし、輪型陣の各艦が針路をたがえて反航する情景は、「武蔵」を見つづけていた私の記憶には浮かんでこない。

あの時刻、「武蔵」はめざすサンベルナルジノ海峡の方向へすすみ、輪型陣もおなじ方向へ向けて、傷ついた「武蔵」よりも速くすすんで行った。

「『大和』『武蔵』の両艦は、反航する隊形になっていたときが、一時ですが、たしかにあったのです」

数日後のことだが、なおそのように述懐する兵がいた。左舷高角砲員である。よほど強烈な印象を、あの晴天のシブヤンの海面から受け取っていたのであろう。圧倒的な破壊力で敵機群が跳梁するなかで、僚艦同士が背を向けあって、深手を負って減速した「武蔵」を見放すという戦いの非情さを、反航する隊形から胸に刻んだのであろうか。

また、「大和」「武蔵」の主砲十八門によって敵中深く突きすすむ作戦の、早々とした崩壊を、歴戦の兵士たちは感じ取ったのであろうか。

私たち「大和」乗組員は、副長兼砲術長である能村次郎大佐が出撃にさいして訓示した言葉を、このとき思い起こしていたのは事実である。

「『大和』一艦で米戦艦七隻に対抗し得る。『武蔵』とあわせ十四隻である」

不沈艦と信じていた「武蔵」の脱落は、予期せぬことであり、あまりにも、ショックは深かった。

それにしても、私は見晴らしの良い、おなじ最上甲板左舷に立っていながら、したたかな兵たちとは違うものを見ていたように思う。

シブヤン海には、晴れの日の風が白波を立てていた。気ぜわしい波立ちが、傷つき沈下しながらも、艦速を精一杯あげる「武蔵」をがぶらせている。……と、風向きが変わり、海面がみるまに凪ぎ、銀色に光ってうねりはじめる。

「武蔵」をつつみはじめた海面は、私が訓練飛行から艦隊に接近し、「大和」に帰りつくおりの低い高度から見下ろす海が、よく浮かべていた表情であった。

いま私の目には、傷ついた僚艦を、その穏やかな水面に取り込めたように見える。「武蔵」艦内の酸鼻《さんび》を思って、私は祈りと現実とを融合させたい願いを、高ぶらせていたにちがいない。

「大和」の戦闘力を過大に評価し、「武蔵」を過小に見ようとしている。心は満たされず、くり返し来機の操縦技量の荒けずりに、思いを向けてみる。

心をただよわせ、思いをめぐらせて私は、「武蔵」を失う不安から目を反らせようとしていた。これから敵中を行く、幾日かつづく海上戦闘への不安に、私は堪え難くなっていた。

第三章 「武蔵」沈没

輪型陣の串刺し戦法

私の周囲の兵たちが、にわかに散りはじめた。

「大和」後甲板右舷側の水平線の手前、遠い海面に複葉の指揮官機を中央にして、二十機の雷撃機群が一列にならぶ。低い高度をふぞろいにとったと見るまに、いっせいに魚雷を投下した。波間に、白い三角の飛沫が小さく立つ。

遠い海面の安全圏のなかで、スポーツに興じているように見える。米軍パイロットの体内に息づく、戦いのリズムというものであろうか。それにしても、下手くそな複葉機の操縦である。

あきらかに「大和」を目標にしており、艦尾方向から追いあげる角度をとった魚雷投下だが、輪型陣の中央あたりを行く「大和」をねらうのは、輪型陣を串刺しにする公算戦法にちがいない。

米軍がこのような攻撃法を見せたのは、このときがはじめてで、以後の来襲では、しばしば試みてきた。艦爆機、戦闘機群が上空を乱舞して、攻撃をおえて水平線の向こうへ姿を消

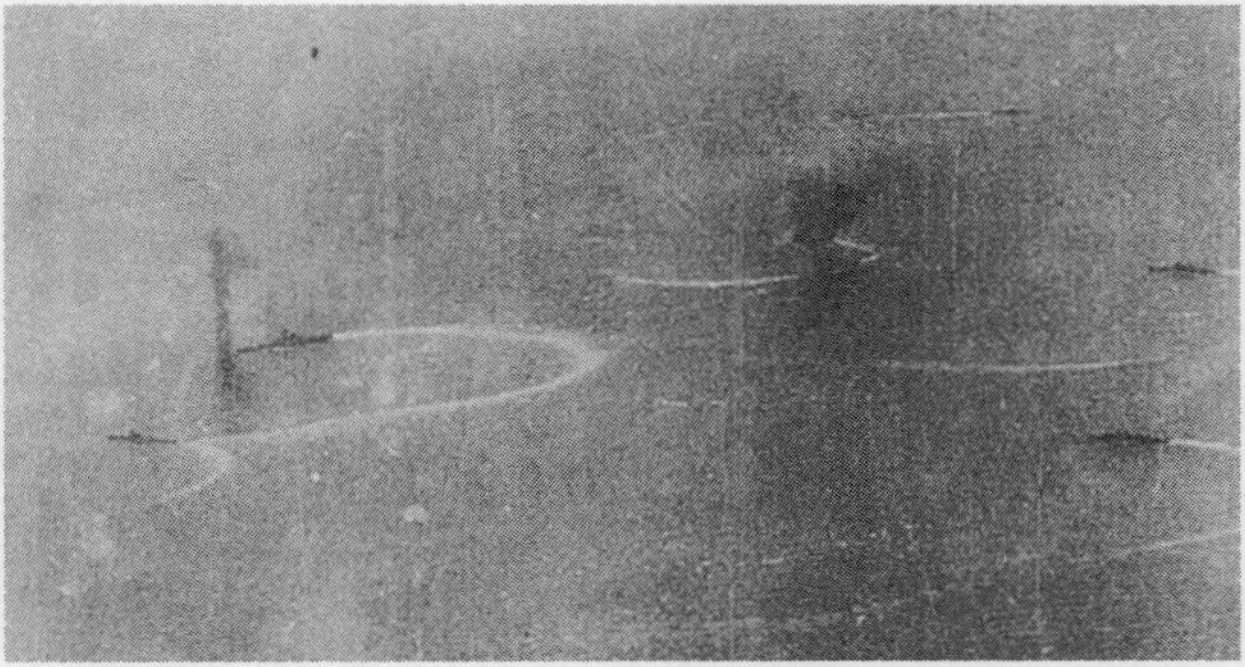

シブヤン海で第4次空襲を回避する栗田艦隊。敵機は輪型陣を貫く戦法をとった。左は重巡「羽黒」と「大和」、右端の2隻は「鳥海」と「能代」。

していくころに、遠い海面からの白い雷跡が輪型陣を襲ってくる。このような攻撃法の一波ごとに、わが方は一艦、また一艦と姿を消していった。

私の記憶は、ここでとぎれていて、暗転して艦内の情景になる。大空を米機群が奔放に横ぎり、反転、降下してくるが、私は暗い、血の臭う、硝煙たちこめる艦内へ一気に駆け込んだらしい。

第四次空襲がはじまり、私は艦内に退避したのであろう。飛行甲板から一段降りて艦尾甲板へ、そして左舷上甲板廊下へ入っていくときの記憶がなまなましい。飛行科整備兵の群れをかきわけ、私は廊下の奥に足を踏み入れた。

茶色のリノリューム床の廊下には、右舷の戦闘治療所から運ばれてきたのか、暗い色の毛布にくるまれた死体が、内側の鉄壁にそって一列に並べられている。動かぬ、ものいわぬ列であった。

毛布から流れでた血糊で、靴がすべる。艦中央寄りの廊下には、肉脂まじりの血のすじがある。爆風で腸が露出した兵が這《は》った跡と聞く。その兵は、すでに息絶えていた。

私は遠い海面の「武蔵」を見て、ふたたびたたずんでいる。左舷の最後部高角砲座の高みにいる私を挟むようにして、砲員の古参兵曹二人が立ち、私の肩越しに話し合っている。散乱した死体を、だれの手足、首とも区別できず、ともかく一体ずつまとめて、上甲板の兵員バス（風呂場）に片づけた。その後に戦闘食の握り飯を食べたが、気がつくと、血に染まった飯にかぶりついていたという。

その間、私は「武蔵」の前部が沈み、ピッチングが激しく、艦首左の外鈑が大きくめくれて、海水を派手にすくい上げているさまを見ていた。遅れながらも、必死に追いつこうとしている。いくぶん左に傾いているのも、気掛かりである。

左舷前部の魚雷数本の命中が、被害を拡大しているにちがいない。私は息ぐるしさに耐えていた。

「前部が、ひどく浸水している」

私はかたわらの兵曹に、息を吐き出すように言った。もはや誰の目にも、それは明らかであった。

「あれくらいで、沈みますか」

不安な声が答えた。そんなことが起こってなるものか、と訴えているのだ。

「横須賀の兵隊は、なにをしてんのや」

血染めの握り飯の兵曹が言った。関西訛りが強い。一歩踏み出すようにして、

「だめじゃないか、これからの戦《いくさ》を、『大和』ひとりにやらせる気かあ」

私は自分の思いにとりつかれて、いっそう遠くなった「武蔵」を見ている。

——僚艦「武蔵」が来る。第一戦隊（「大和」「武蔵」「長門」）司令官の宇垣中将、われら下級士官、兵員、みなの困惑した注視を集めて、変わりはてた「武蔵」が来る。左舷外鈑を二十メートルちかく、舳先あたりからまくり上げて、海面をすくい、跳ね上がり、しなわせて来る。もはや戦闘のできる態勢ではない。

いまや「武蔵」上空を舞う米機の姿も、とぎれがちだ。「武蔵」はしだいに沈下しており、自滅するよりないのだろうか。

血染めの握り飯の兵曹は、二歩も三歩も前に出て、肩をいからせている。むりやり身体をよじるようにして、ふり返って言った。

「だから、あかんと、わしはうちうちで言うとったんじゃ。シンガポール外出でも、帰還に遅れたのがいるとか聞いたさかいな。さっぱり、『武蔵』はあかなんだなあ」

「おたがいさまや。こないなったら、あしたはわが身やさかいなあ」

「そや。『武蔵』が、こないやられるとは、思わへんかったなあ」

私はそこを離れた。中甲板に降り、第一、第二主砲塔の間にあるガンルーム寝室の自分のベッドに、戦闘服のまま横になった。大腿部の負傷に痛みがないからといって、艦内をあちこちと動きまわるようなことをして、あとで支障が出てきてはと気づいたからである。

やはり身体が弱っているのか、「武蔵」を惜しむ最上甲板の荒くれ男たちの気合いが、重荷に感じられはじめた。艦にみなぎる苦悩の気配に、いっそう私は疲れを感じていた。

「武蔵」が沈むと見こんで、「大和」の兵たちの顔色が青ざめている。両眼が血走り、気迫をただよわせる者もいる。私はひとりになり、しばし半時間ほど眠ることにした。

ガンルーム寝室は、一番砲塔に後方から接した中甲板の部屋だが、私が眠りにおちて間もなく、左舷前部に爆弾を受けた衝撃がひびいて、目が覚めた。ベッドの上で、しばらくそのままでいると、階段教室状にせり上がっている寝室の上部の網戸から白煙が入りはじめた。けたたましい応急作業班の号令が聞こえ、多数の者の乱れた足音が、左舷士官バスルーム前あたりの通路を、艦首へ向けて駆けていく。私は毛布を取って、網戸を塞いでみたが、徹底したことはできない。

白煙をすこし嗅いでみる。胸は詰まらないので、一酸化炭素ではないと決め込み、苦笑して顔がほころびるのが自分でもわかる。一酸化炭素を吸い込んでおれば、私はすぐにもひっくり返るはずであった。

もし、俺がここで倒れたなら……などと思ってみる。痛んでいない、出血もない、きれいな死体だから、いましがた上甲板左舷沿いの艦尾通路で見かけた、毛布にくるまれた死骸にまじって、眠っているように並べられたいものだ。通路横の兵員バス（浴室）の血染めの床に、バラバラの手足のあいだに転がされるなど、ご免だ。

そう思ううちに、ふいに笑いがつき上げてきた。寝室前の艦内廊下を高い窓から見おろす位置に、私は片膝を付いていた。応急班の年配の特務少尉のせっぱ詰まった絶叫が、ふたたび左舷通路の方向からわき上がって、聞こえてきた。濃いカイゼルひげの少尉だ。

「早くせんかっ」

「こん、バカヤロウ」

言葉のひびきに、消火の済んだ安堵が匂う。しかし、いっそう大声をあげている。ブルドッグ顔で、ひげの先をピンとはね上げ、大はりきりに吠えている。彼には「武蔵」危急への鬱憤《うっぷん》があるうえに、守備範囲の「大和」左舷前部が被爆した。彼は絶叫して駆けまわり、まだ怒鳴り足りないのだ。

さいわい煙が止まったようなので、その間に私は寝室を抜け出すことにする。被爆の反対方向へと、右舷通路に出た。広い廊下に照明が明るく、人影はない。炊烹所の前を行くと、頑丈な防水扉が閉ざされている。

防水扉下部の非常扉（丸型ハッチ）の小型ハンドルをまわして開け、半身をくぐらせて向こう側に身体を抜く。私はひとりで、二、三の白い鉄扉をくぐって、艦後部に向かった。

人の気配のまったくない、閉ざされた空間。壁も扉も白く塗装されて照明にかがやき、ここは死神の住まいかと思えてくる。艦内閉鎖が令されて、広い廊下を区切ってできる四角の区画に閉じこめられたまま、艦が沈没するときの死とは、どのようなものであろう。「大和」乗員のうちにも、そのようにして死ぬ者がいるだろう。現に「武蔵」では、しだいに傾きをます艦内に閉じこめられた者たちがいるにちがいない。

はげしい操艦のあおりか、艦内にきしりが走る。「大和」は武者震いして、空襲下の海を行く。

私は艦尾にたどりつき、さきほどの左舷前部の被爆は、第四波の空襲か、それとも第五波の前ぶれで、いずれにしても舷側に直撃弾を受けたと、飛行科の兵たちから聞き知った。

私は分隊長から指示されて、兵たちから離れ、ふたたび艦橋の搭乗員待機室に駆け上がっていった。私が待機室に入ると、すぐ後ろから土屋飛曹長が姿をあらわした。彼もそう指示されて来たらしい。

じつは、えらい目に合ったのだと、彼は語りはじめた。

彼は、治療を受けたあと、左舷後部の准士官寝室にいった。ひとり寝てもおれず、後部の第三主砲にちかい扉のかげで、米機の動きを見ていた。不意に第三主砲が発射され、爆風にはじき飛ばされて、床を二、三回転した。

気がついてみると、戦闘服（第三種軍装）の前をとめる四、五個のボタンが、すべてひきちぎれていた。医務室に行き、鼓膜保護の綿をもらってから、その足で艦尾の飛行科に行き、ボタンをつけるのもそこそこに、私を追って搭乗員待機室に来た、と一気にまくしたてる。

耳に綿を詰めているので、私の問いかけに彼は、「え？」と、いくども聞き返す。主砲発射の風圧に、よほどショックを受けたようだ。

宇垣司令官の横顔

二人で、弓形の外壁にそって造り付けられた長椅子の中央あたりに枕を二つならべ、頭をつきあわす格好で、毛布を敷いて横になった。そうしてからも、彼は「え？」をさかんに連発する。私もつられて「え？」と聞き返す。

仰向いて横になっていると、低い天井が厚ぼったい鉄の床でもあり、ひじょうに頑丈にできていることにはじめて気づいた。白く塗りたくられた鉄の肌を、しみじみと見つめている間にも、空襲がつづいている。

二十五ミリ三連装機銃の重厚な銃声が、艦体からわき上がっていく。それに艦橋の中ほどの高みにセットされている十三ミリ二連装機銃の、豆をいる速い発射音が混じる。射撃音のたかまりで、敵機の降下してくる状況があざやかにうかがえる。

米機動部隊の各群は、毎回のように五十機、六十機と攻撃隊を発進させてくる。それが際限なくつづくようで、その底力ははかり知れない。私がさそい、土屋飛曹長とそろって第一艦橋をのぞいてみる。

第一艦橋の高みから海面を見おろしていると、さきほどまでの変針につぐ変針と、連続する運航にくらべて、いくぶんゆったりとしたテンポで艦首を左に右に小さく振り、直進していく。

と思う間もなく、左に大回頭がはじまった。まわる惰性が加わって行き足がつくと、巨艦の回転スピードはいっきよに高まる。水面から四十メートルにちかい高みで見おろす回頭の角度は、鋭角にきびしく切れこみ、さらに直角にちかくまわりこんで、そのつど、艦橋前の艦首甲板が傾いてすすむ。森下艦長の操艦は、戦闘たけなわのいま、「大和」の全乗員を振りまわしていく。

艦橋窓に向かった椅子に、浅く掛けている宇垣中将を見た。彼はいま、お気に入りの森下艦長の切れのよい操艦に上半身をゆだねて、動かぬ表情で前方を見つめている気配だ。

私がふたたび第一艦橋に近づいたのは、宇垣が心に秘めている怨念について、思いめぐらせたかったからである。私が左舷後部の高角砲座の高みから、「武蔵」がすこし左舷に傾きはじめたのを見たときに、提督の仮面ほどに動かぬ表情は、敗勢への怨念にちがいないと気づいた。悲しみをたたえていると見える彼の表情だが、中将の優れているがために孤独な心に流れる憂愁とは、どのようなものであろうかと、私は気掛かりになった。

かつてロッキード戦闘機の待ち伏せに山本元帥を奪われ、二番機にいたみずからも重傷を負っている。いま米艦載機群によって、麾下の「武蔵」を失おうとしている。彼の企画、作戦をことごとに粉砕する米軍機の優勢に、提督はみずからの悲運に悔恨を抱いているにちがいない。多くの死をまねいて、いまは己れの死を賭している。艦橋右舷の椅子に寄り掛かる彼の内部に、それは、どのように描かれ、秘められているのであろうか。

左舷側の椅子に腰を降ろす栗田中将は、あいかわらず向日葵《ひまわり》の昂然さで、顔を艦首のすむ方角の中空に向け、顎を突き出している。

第一艦橋内に参謀たちの姿が見えない。二人の提督だけがいる。低い天井の手狭な区画には、昼すぎに私がのぞいたときとはちがった雰囲気がただよっていた。

右舷の宇垣中将は、後方につづいてくる「武蔵」を見るのを自制して、彼の内部に目を向けているように私には思えた。両提督がせまい第一艦橋の両端にわかれて、視線も交わさぬそらぞらしさに、猛々しくさえ感じられる。戦場では、責任者は皆こうなのか。

栗田中将の第二艦隊司令部の参謀と、宇垣中将の第一戦隊司令部の参謀とは、第一艦橋ちかくの外郭の高みで肩をならべて、傾きを増した「武蔵」を凝視しているにちがいないと、なぜか私には思えてならなかった。

土屋飛曹長が私の袖を引くので、搭乗員待機室にとって返すことにした。艦橋をめぐる回廊を十数歩あるく距離であった。

「えらい人の、あまり近くはいかん」

歩きながら土屋が言った。

「かまうものか」

すかさず、私は答えた。私は「武蔵」危急の時点で、宇垣提督を見たことに満足していた。

「咎められたら、飛行科の伝令です、と言ってやる。いつでもご用命ください、とな」

第一艦橋に詰めている飛行長の姿は、宇垣の近くになかったし、宇垣は私の顔を見知っている。艦内廊下などで提督を見かけると、私はいつも胸をときめかせて立ち止まり、中将は苦笑して目をそらせて私のそばを通りすぎる。

宇垣纏中将。著者はたびたび艦橋に近づき提督の姿に接した。

土屋飛曹長と私は、待機室のドアを押して入り、そこで空中に視線を止めた。私は部屋の明るい照明の中を、白い羽毛がただようのに気がついたが、とっさには意味がわからない。土屋との話をつづけた。

「昨日など、どうして前路哨戒をやらせないのだ。飛行機が飛べば、敵の潜水艦など尻尾をまいて逃げちまうんだ。敵潜を発見すれば、こちらのものだもの。それを飛行機も使わずに、駆逐艦でそれらしい海面に、いくら爆雷を投げたところで、結局は盲滅法というものだ。聞いたよ、米潜を確実につかまずじまいに終わったそうじゃないか」

パラワン島の北に沿って、北上しはじめた昨日の早朝に、浅瀬の多い海域（パラワン水道）で米潜の待ち伏せに合い、重巡「愛宕」「摩耶」が撃沈され、「高雄」が動けなくなった。その後、輪型陣は警戒航行で、はげしく之字運動をくり返しながら北上をつづけたが、飛行科にはついにお呼びが掛からなかった。

森下艦長は、「大和」機はめったなことでは使わず、慎重な態度をとっておられる、が今泉飛行分隊長の得意の持論になっている。分隊長の艦長褒《ほ》めちぎりも、程度問題だ。米潜退治など、私のような未熟な飛行機乗りには、もってこいの任務だったのに。

「え？」

なま返事をして、土屋は枕許に行く。枕が砕け、パンヤ（綿毛）がはみ出て、垂れ下がっている。

「こんなになってる」

彼の枕の半分が砕けていた。私の枕はもとの位置のままだが、彼の枕横の艦橋外壁には、厚い鉄をくりぬいて紡錘形の縦長の穴があき、そこから明るい外光が差し込んでいる。至近弾の破片が鉄壁をやぶって無人の待機室にとび込み、造りつけの長椅子の格子木柵（背もたれ）を砕いてから、部屋内を暴れまわったようだ。

飛曹長が床にしゃがみ込んで、なにやら捜しはじめる。私は弓形の鉄壁や天井にきざみこまれた擦過傷をかぞえた。三、四ヵ所の白ペンキが削ぎ落ち、爆弾破片の深い傷あとがついている。

長椅子の背もたれの一ヵ所がへこんでいるのは、そこで破片は反跳する勢いが止まったのであろうか。その最後の衝撃でも、受ければ骨折はまぬかれない。

部屋に入ったおりに、空中に白いものが舞っていると気づいたが、土屋の枕が粉砕された綿ぼこりであったのだ。至近弾の破片は、彼の頭を砕いていたという思いに、私は息を呑み、毛布の上にころがされた枕の残骸を見つめていた。

リノリュームの床から土屋がひろいあげた破片は、円盤投げ用の円盤ほどの大きさがあった。

「やあ、まだ温いよ」

そう言って、彼ははにかむように笑った。低い姿勢のまま、長椅子の上に両肱を乗せ、私をじっと下から見上げている。ふと笑いにまぎらせて、

「純粋の鋼鉄だよ。いい材料を使ってやがる。うらやましいくらいだな」

機嫌よくまくしたてる彼に、私は壁のペンキのはげた痕跡を指さして、かぞえた。

「どこに寝てたって、おなじだ。やられるときは、やられるまでさ」

歴戦の彼は、好人物の笑顔で私にいいながら、毛布で外壁の穴を丹念に埋め、残りを丸くまいて枕にして、横になった。

二人で艦橋に行ったとき「大和」が直角に左回頭して、米艦爆機の爆弾投下をかわしたが、触発性の二百五十キロ爆弾の破片が、舷側の海面から吹き上がってきたのであろう。

「戦艦『山城』の飛行長です」と名乗って、小柄の少佐がにこやかに部屋に入ってきた。椅子の上に見かけた手荷物の主であった。私は自分の毛布を片づけて、入口にちかく、横にな

れるスペースを少佐にゆずると、ふたたび艦橋ラッタルに出た。周囲の上空を見まわしてから、いきおいよく駆け降りる。

迫りくる巨艦の死期

最上甲板右舷の中ほどに人だかりがして、「武蔵」を見ていた。意外に「武蔵」の姿が近い。艦の上空に機影はなく、静かな空域が白く拡がる。

サンベルナルジノ海峡をめざして、一時間半以上も前に先行したはずの「大和」輪型陣が、反転してふたたび「武蔵」に近づいていくらしい。私の周囲の兵たちの気配で、そう読みとれたが、なぜ、そうするのか。レイテ湾に明朝突っ込む計画が、大幅に転換されたのか、わけがわからない。しかし、周囲の乗組員たちの平静さからは、作戦の変更といった事態は感じとれない。

私は艦橋背面のラッタルを駆け降り、右舷最上甲板の中ほどで、兵員たちの間にたたずんでいる。考えるようすがもなく、理解しようにも、まったく私の手にあまる事態であった。

私は飛行甲板へと急いだ。後部副砲塔横のたまり場は意外な混雑で、副砲塔の足元にならぶ機銃弾函を乗りこえていく。私の背後から、眉の濃い兵曹が大声を上げた。

「道をあけろっ、あけんかっ」

私にいら立ちがみえていたらしい。私は、のびあがるようにして「武蔵」の方に目を奪われている兵たちの間を縫ってすすんだ。

私は飛行甲板右舷後部の機銃群にたどりつき、照準器のなかで立ち上がって、上半身をアーマーから乗り出している指揮官の岩田少尉に声を掛けた。なぜ艦隊は反転したのか、をたずねた。

サンベルナルジノ海峡は狭く、敵地に囲まれているので、夜に通過するようだ、そのための時間かせぎだと思う、と彼はいった。

岩田の回答は、意外に明快であった。説得力もある。私には思いがけぬことであった。機銃照準器の高みからのぞいている岩田の穏やかな顔を、私は思わず見上げた。最上甲板にばらまかれた機銃配置の孤立したアーマーの中にいながら、彼はこの急変の事態にも闊達としているようだ。

かれら一般兵科の予備士官たちの間では、戦闘中のガンルームでのつかの間の食事時にでも、サンベルナルジノ海峡の分析などが、手ばやく耳打ちされていたのであろうか。

「大和」各科員、それに第二艦隊司令部員もいて、航海、通信、暗号と多彩である。専門職ぞろいであるわけだから、敵にあふれた海域も、事前にマスターできているのであろう。

話し合っている間にも、しだいに近づく「武蔵」は、後半部が浮き上がったためか、いままでより巨大に見える。

「前部主砲塔に、波が打ち寄せている」

という会話を、ひとごみのなかで聞いたが、艦首の浸水がひどいために、艦の後半身が鉛色の海面に大きく黒々と浮き上がっている。しばらくすすんで「大和」は、ふたたびゆっくりと反転して「武蔵」の側を過ぎ、見守り、遠ざかる。

長い時間が経ち、遠く水平線に遅い午後の陽光のなかに「武蔵」の艦橋を望むころには、左舷に二十五度も傾いている。ふくらんだ水平線の向こうに、しだいに姿を没していく。頑丈な艦橋がもの悲しい。「大和」自身の姿を見る思いだ。黒煙、火炎を上げるでもない、静かな姿は巨人の死にふさわしい。

かの艦はじょじょに沈没していくのだから、私と同期の飛行十三期の予備学生二人は大丈夫だろう、相当数の乗組員が助かるだろう、と祈る思いで私は見つづけていた。「大和」甲板の人だかりは、黙し勝ちであった。私が甲板に降り立ったとき、空が白っぽいと思えたが、いまはミストが掛かりはじめたようだ。今宵は夜霧になるのか。

空襲のアナウンスが最上甲板にふたたび流れたので、私は艦内にとび込んだ。「武蔵」の艦橋が水平線で二十五度傾いているのを私が見ていたのは、このときも左舷後部の高角砲座の高みからであった。とび込んだのは、なぜか最上甲板の右舷後部の入口である。

敵機の姿は見えず、内側を白に塗った鉄扉が開いたままになっている入口から入って、出会いがしらに私は能村副長とすれちがった。私の記憶は、ここでにわかに鮮明になる。大佐の右頬に、黒く油が二筋ついていた。大佐が艦内を見まわるうちに、指先にでもついた油であろうか。

立ち止まって浮かべた私の微笑に、彼は目をとめ、その目をふせて微笑してから、答礼してすれちがっていった。戦塵に汚れ、小柄の大佐は目もとすずしく、たのもしい。入口付近の通路は、足ばやにあるく兵員であふれ返っていた。副長は身軽に遠ざかっていく。

私は艦内を伝って、通信室や艦橋、ガンルームで、同僚の予備士官たちから、シブヤン海での反転のいきさつを聞き知った。

太平洋上の各群からくり出してくる米機の四波、五波とつづく空襲は、あまりにも激烈であった。艦隊はシブヤン海の東出口に近づいていくのだが、このまま進んでマスバテ島北方の狭い海域で、もろに空襲を受けるようなことがあると、みすみす被害を増すという見方が、栗田の幕僚のあいだに強まった。

栗田艦隊が反転した午後四時前は、夕刻に向かう時刻で、米機群を洋上収容するためには陽のあるうちでなければならず、空襲終了もちかい。その最後の機会に、米側に栗田艦隊は反転したとの誤解をもたせる可能性も、なきにしもあらず、というキメのこまかさであった。

栗田中将の反転措置の前後に、東京日吉台の連合艦隊司令部からは、激励電や確認電があいついで「大和」に到着したらしい。栗田艦隊にたいし、シブヤン海で空襲がくり返される見込みであると知ると、連合艦隊司令部からは、

「天佑ヲ確信シ全軍突撃セヨ」と激励があった。

シブヤン海東出口に向かっていたが、西の方角へ一時反転するとの連絡電にたいしては、

「電受領。連合艦隊電令作戦三百七十二号ノ通リ突撃セヨ」

連合艦隊司令部が、作戦どおりの突撃を二度にわたって命令してきたのは、慎重な第二艦隊司令部への皮肉とさえとれるというニュアンスが、居合わせた同僚の間にただよっている。

「なぜだ、どういう意味だ」

私は通信関係の予備士官の同僚に向かって、そう問いかけた。私が他の同僚と話し合っている間、黙りがちでいた彼は、顔に皮肉な笑みを終始浮かべていた。君の意見のおよその見

当はついているというひびきが、私の問い掛けにこもるのが、自分でもわかった。

それにしても私は、情報通の彼から「反転」について、歯に衣を着せぬ批判を聞かせてほしかった。

「時間かせぎ……だわな」

彼は私だけでなく、皆に向かってひと言、そう言うと立ち去っていった。

彼の言葉は、先刻の岩田少尉のとおなじ表現である。だが、冷徹であり、冷やかなものが流れている。万感をこめた臭いがする。

温厚な岩田の意見は、やはり控え目なものであったと気づかせられた。それに、おなじ機銃照準器のアーマーの内側にいる二、三人の部下をはばかってのことでもあった。

深夜ならば、狭いサンベルナルジノ海峡を艦隊が抜けて行くには、もっとも危険が少ないであろう。しかし、「明朝黎明にレイテ湾に突入する」という主力部隊のスケジュールは、反転のために大幅に遅れることは、もはや確定的であった。そのとおりだ、と通信関係の同僚は、冷やかに言い切っていると思えた。彼のつっけんどんな言い方に、私は胸を刺されたような痛みを覚えた。

そのとき、私がなによりも衝撃を受けたことは、ボルネオのブルネイ湾を発進するときに袂を分かって、別行動をとっている陽動部隊（敵の判断をあやまらせるためにあらわに行動して、敵の注意を向けさせる作戦の部隊）の西村艦隊が、今夜半を過ぎればレイテ湾南のスリガオ海峡に入って、その後レイテ東方海上をめざす手はずになっているのに、その時刻に主力の栗田艦隊がまだサンベルナルジノ海峡あたりにおり、結局、両者がレイテの敵に連係して当たれない状況になったということであった。

それでは、敵中深くひとり放たれたことになる西村艦隊は、どうなるのか。戦艦二（「山城」「扶桑」）、重巡一、駆逐艦四（「満潮」「朝雲」「山雲」「時雨」）のうち、重巡「最上」に乗り組んでいる私の従姉の夫T兵曹が、絶望的な運命に投げ込まれることになり、私は息を呑んだ。若いいとこにふりかかろうとする不幸を考えて、私は焦燥にとりつかれはじめた。いまこの不安を、彼女が知らないことが、私には耐えられぬ思いであった。

息づまるなかで、私は同僚との話し合いの内容を反芻してみる。主力部隊がシブヤン海での戦闘で、おそい午後に反転したことは、ただでさえ米機群の強襲で遅れがちであった進航を六時間、いやそれ以上にも停滞させる結果になっている。サンベルナルジノ海峡を深夜に抜けるのは、レイテ湾へ黎明時に突入する予定が大幅に遅延することであり、レイテ湾口に近づくのが、明日の日中にもなってしまう情勢である。

西村祥治中将。旗艦「山城」に座乗、スリガオ海峡に没した。

艦内はすべてが混乱し、緊迫していた。

栗田艦隊が西方へ反転したので、作戦を終結して退避するのかと期待したが、再反転してレイテに向かったことで、いよいよ死地におもむくと決意を迫らせる。そのような気配が、兵員たちの伏せがちな目にあった。今日ではかすかとなった記憶であるが、「大和」は左舷前部の被爆で、わずかではあるが、一度ほど左へ傾きはじめていた。

通信室を出て、すぐに昇るせまい左舷階段は、いつもなら一気に駆け上がるのだが、心なしか駆け上がりにくい。それに、私の背後からは、海水の臭いを含んだ湿っぽい冷気さえ、吹き上がってくるようだった。

すべては、私の思いの過剰であったのかもしれない。

左舷前部に先刻うけた被爆では、舷側に大きな爆破孔があき、浸水した区画のなかに、何人かが閉じこめられていると、噂はひそやかに皆のあいだに伝わっていた。左舷の吃水線にアーマーがもうけられているのは、甲板からのぞくと、第一主砲塔横のやや艦首よりから艦後部の第三主砲塔を過ぎるまでとなっている。「大和」の全長二百六十三メートルのうち、百六十メートルあまりがアーマーをもうけているとして、艦前部五十メートルほどのアーマーのない部分に、みごとに命中していたのだ。

いつかリンガ泊地で、草葦船が「大和」の左舷側ちかくを航行したときに、アーマーの所在をしかと見届けたのではあるまいか。「大和」の左右舷は対称しており、「大和」と「武蔵」とは同型である。シブヤン海では「武蔵」も「大和」も、左舷の吃水線に攻撃を受けがちだと思えてならない。また、「武蔵」の受けた当初の魚雷攻撃が、右舷アーマーのない飛行甲板舷側と思えるのは、すべて私の考えすぎであろうか。

舷側の鉄板は二〜三センチ、アーマーは四十センチ以上の厚さであると聞いている。「大和」艦首左舷の至近で炸裂した二百五十キロ爆弾の破壊力に、舷側の鉄板だけではひとたまりもなかった。水びたしになった水測室の五、六名は絶望らしい。すぐ隣室に二、三名の生存者がいて、境の鉄壁に内側から鉄棒でモールス信号をして応答があるが、作戦中の救出は困難であった。

「薄くてな、ブリキみたいなものやぜ」

通路の脇でささやきあう新兵の声が耳にはいって、私は身震いした。私は一瞬、水圧でつぎつぎに破られる隔壁を想像した。

日が暮れて、「武蔵」の傾きはかぎりなく進行するかと思えた。

「武蔵」よ静かに眠れ

米機の触接がつづいている。艦橋上部の搭乗員待機室にたどりつくと、戦艦「山城」の少佐は、待機室のすみにころがっていたといって、木琴を叩いていた。たくみに奏しながら、自分は小学校のころ、音楽の女先生から音感がよいといわれたと笑った。冗談をとばし、木琴をひっきりなしに打つ。

陽動部隊である西村艦隊は、すでにスル海を通過、今夜はレイテ島背後(南)のミンダナオ海に入って、レイテ東方海上をめざす。米陸軍の上陸後五日以上が経過し、レイテ湾内には、さして敵艦艇の姿はないという。艦内の上、中甲板を通過したさいに同僚から聞いた情報を、口に出すのを私は渋っていた。

少佐はそれらをすべて知り尽くして、はめを外しているにちがいなかった。黒い瞳が、ふと遠くを見ている。なにが潜むかわからない非情のミンダナオ海、暗闇にとざされた周辺の海峡が、木琴を打つ無心の底に見えているのであろう。

レイテ湾内から姿を消している艦艇の所在は、不明と伝えられている。どのような種類の艦艇なのか。おそらく無傷であり、その戦闘力はどれほどのものであろうか。

夜になり、少佐は自分の寝室にひき上げていった。

のちに、対空戦闘中に木琴の音が艦橋のどこからか聞こえたことについて、幹部のあいだで物議をかもしているという噂を、私は耳にした。「山城」の飛行長は、翌早朝にレイテ湾のすぐ南のスリガオ海峡（ミンダナオ海から東へ進入）を偵察している。

艦橋、砲塔、煙突などのすべてが破壊されて、「扶桑」とも「山城」とも見わけのつかぬ大型艦一隻が、暗がりの海面で真っ赤に焼けただれて水中に傾き、沈没して行こうとしていると打電した。ほかに艦影は見当たらぬという。このことも、通信室にいた飛行科の同僚から、私は聞き知った。

夜のとばりが降りてから、艦橋の待機室に飛行科の兵が連絡に来た。ほかの八人の搭乗員は、飛行甲板下の中甲板の一室に待機しているとのことであった。第三主砲塔に接した部屋らしい。

そこに待機する連中の間では、「武蔵」が日没後の海上で左へ横転して沈没したことが、すでに知れわたっている。それを、私と土屋に知らせに行けと命じられた、という口上であった。暗い海面に大きく傾いた「武蔵」は、付近の島の浅瀬にのしあげるべく近づいたが、そのいとまがないほどの急な横転にみまわれたという。

「大和」はシブヤン海をわたり切って、マスバテ島に接近していく。

「大和」が行く手に見つめて、徐行するほどにゆっくりと接近していった島が、マスバテ島であるとわかったのは、闇の中に影絵となった島の稜線が、右舷方向に二つ離れてそびえるさまを手がかりに、航空地図の上に捜し当てたからである。

靄が漂いはじめた海は、しだいに狭水道になるようであった。大きい島と小さい島との陰影の間にのびる、妙に明るい水面をめざすらしい。水路が天につながり、艦はそれをたどって異次元に進み入ればいい、と私は願った。

搭乗員待機室から第一艦橋に行く。一段低い回廊の出っ張りがあり、そこの側窓から二、三十分ごとに、私は周囲の海景の変化を見ていた。瀬戸内海の航路を行くのとそっくりの夜景がつづく。マスバテ島と北の小島との間の狭水道に「大和」は入っていると聞く。狭水道を南へ抜ければ、すぐに左九十度回頭、東方向へ一転して、サンベルナルジノ海峡に向かう。

「海峡は、明石海峡ぐらいでしょうか」

航海科の兵曹はそう言って、なぜか寂しそうに笑った。明石海峡を望む地が、彼の故郷なのかも知れ

前甲板を波に洗われ没しゆく戦艦「武蔵」――著者が「大和」から見たのは、左舷に25度かたむいた静かな最後の姿だった。

ない。暗がりで、彼の表情はさだかではなかった。

夜が更け、待機室は私と土屋飛曹長との仮眠室になった。飛行科は二手、三手に分かれて待機するのかと思ううちに、落ちこむように眠りにさそわれる。

眠っては、不眠不休の艦長たちにすまぬと思う。私は一の谷の平家の落武者の和歌を思い浮かべてみた。正確ではない。

「ゆきくれて、木の下かげを宿とせば、花や今宵の、あるじならまし」

「武蔵」はぎこちなく左に倒れるようにして、前部から水没していったのであろうか。二百六十三メートルの長大な艦体は、内海であるシブヤン海の海中を、斜めになって漂流するのか。千を越す亡骸《なきがら》を、艦内に納めてただようのか。

夜が更けた。「大和」が決戦に向かう海峡に、濃霧がかかるようだ。サンベルナルジノ海峡は近い。そこになにが潜むか。太平洋に撃って出る海峡東出口からは、敵艦にあふれた海であり、いったいなにが襲い掛かってくるのか。

眠ってはならぬ、夜の海の冷たさにただよう「武蔵」の戦友にすまぬ。

「大和」は不眠である。明日かぎりの命だ。明日の戦いの場面は、洋上、湾内、海峡と変転して、いっそう厳しいものとなろう。

私は待機室を抜けだし、回廊を伝って夜風にあたった。

明日、「大和」が沈むときには、宇垣中将は身体を第一艦橋の自席にしばりつけるにちがいない、と思えてくる。提督にとって、「武蔵」「大和」を失った場合、「長門」に移乗する考えはまったくないはずだ。

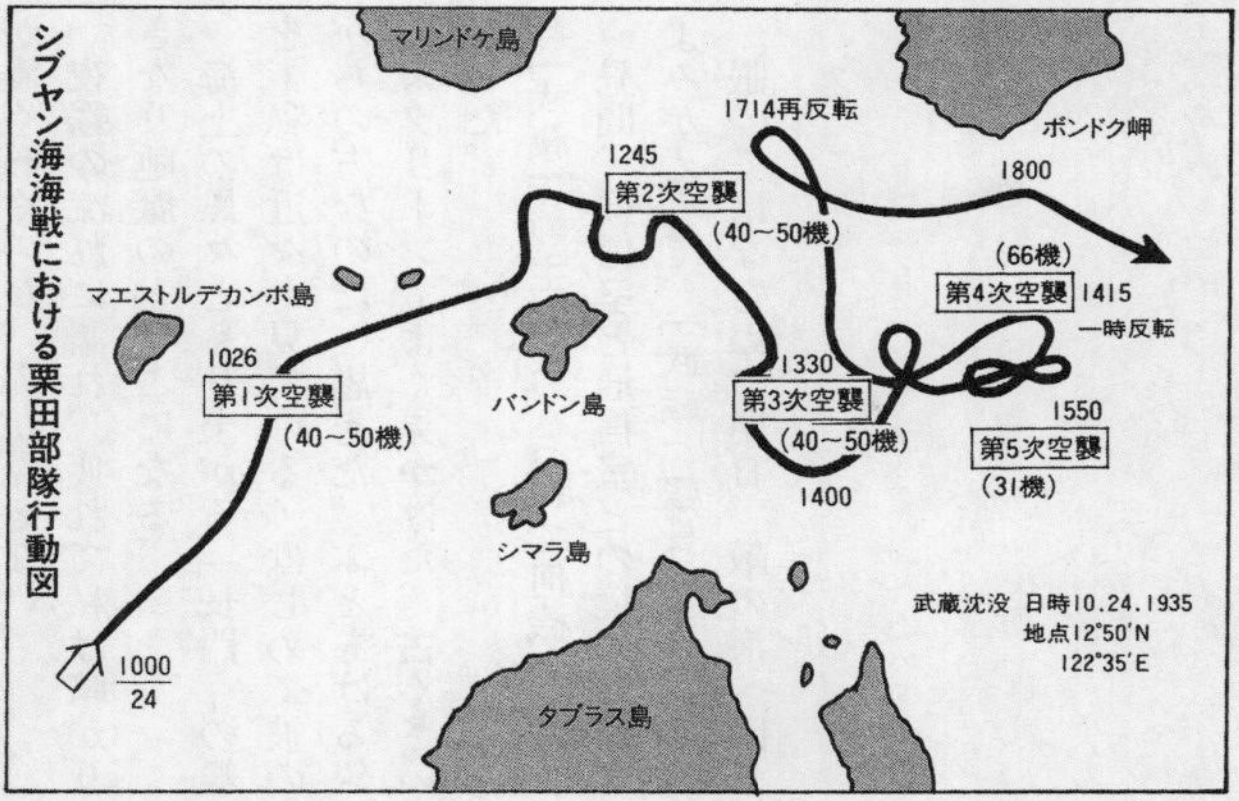

シブヤン海海戦における栗田部隊行動図

八月に「大和」に乗艦して以来、三ヵ月の間、彼を見つめつづけてきた私の、これは確信といってよい。敵機ばかりが跳梁する海に、味方機の援護なしで「大和」「武蔵」を裸で行動させ、せっかくの強力な戦艦を充分に活用できない現状を、彼こそがもっとも悲しみ、そのような事態をまねいた責任を感じているにちがいない。

いま奇跡が起こった。「大和」は森下艦長によって、敵機群の強襲を乗り切っていく。森下艦長への宇垣の信頼は、いっそう厚くなったはずだ。

二人の仲の良さは、リンガ泊地の当時から、はた目にもほほえましかった。海軍のすぐれた人物同士の深い理解、知己の友情を感じさせられた。その「大和」までが沈むのなら、宇垣はともに死するにちがいない。

満身、手ひどい損傷であるが、「長門」はよく付いてくる。マスバテ島北の狭水道を行くいまも、「大和」のすぐ後ろを黒い城のシルエットとなって、ひたひたと付いてくる。「大和」の航跡に霧が濃くわくのか、姿が見えない。

夜霧の流れに濡れ、疲れて私は暗がりの中を待機室に帰りつき、長椅子に横になった。いきなり睡魔のとりこになる。

海上の黒々ともり上がる「長門」の艦影が消えたあとに浮かび上がった「武蔵」艦長の顔を、私は近々と見ている。はじめて彼の顔を「大和」士官室で見掛けたときは、艦長は伏目がちの方なのだと思えた。ふとあげる鋭いまなざしが、透きとおる光をたたえていた。映画のスクリーンでよく見かけた、古くさい悲劇女優の面影に似ていると、私には思えてならなかった。

「『武蔵』の主砲は、あれで何機も撃墜しているんだから、艦長も満足だろうって」

昼間、通信室と通信室との境の壁際で、同僚の情報通が私にいい放った。彼の勝気な声がよみがえって、「武蔵」艦長のさびしげな顔が浮かび上がったのだ。

眠ってはならぬ。明日、敵の海へ殴り込むまでの命なのだ。

第四章　絶妙の航跡

サンベルナルジノ海峡

「ルソン島南端のサンベルナルジノ海峡に入る」と警報が出たのは、夜半に近かった。なるほど明石海峡ぐらいの幅の海峡で、進むにしたがって、左右の黒々と起伏する陸地に、灯が見えはじめた。

私は第一艦橋の側壁の出っ張りにたたずんで、寝不足の両頬を夜霧に吹かれる。海峡の幅は五キロメートル、通過する距離は測定二十五キロメートルになっており、十五〜十六ノットの速力で一時間足らずで抜けられる。

その通過時間の短さに、私は安堵を覚える。

「海岸からはいあがっていく低い丘陵のひだの奥に、集落の灯が集まっているのが見えました。つつましく、闇夜にまたたくようでした。ですが、艦が進むうちに、やがて青い誘蛾灯のような光が点々と見えはじめました。近づくと、それは強い輝きを放っています。艦が進むにつれて、灯がともされていく感じなのです」

若い艦長伝令には、そう見えたらしい。

のちになって彼の話では、「大和」が進むにしたがって、誘蛾灯がつぎつぎとともされるのは、両岸に黒い意思がうごめいているからだと思えたという。

おりから森下艦長は、「大和」の最上甲板を巡視中であった。両岸の灯に目を止め、艦前部の主砲塔付近ではついに立ち止まって、両岸のもようを、しばらくの間、見まわすようだった。

「すぐ後ろにしたがっている私に、結局は何もおっしゃいませんでしたが、夜の闇の中を、しきりにうかがっておられるのが、私にもわかりました」

私も第一艦橋の高みの外郭の手摺にもたれて、岸の光を見つめていた。現地人が、戦争には関係なく日常生活を送る、わびしいリズムのようなものを感じた。

時刻が真夜中だけに、強い灯の光は集落のものではなく、工場の作業棟からでも漏れるものと思えた。

青い光の記憶はない。艦長巡視の最上甲板から、私のたたずむ第一艦橋横の出っ張りは、二十三メートルの高みにある。灯を見る角度の相違のためであったろうか。

艦橋外郭に立つ私の頬をなでる夜気に、曇天のしめっぽさが感じられた。海面には、濛気がたちこめてくる。なにか陸地の匂いを込めて、水面から気流をわき上がらせている。

「大和」の先を重巡二隻が先導して、「大和」の両舷には駆逐艦の列が間合いを詰める。後続する全身弾痕の「長門」は、「大和」艦尾に楯のようにそびえてくる。

第一艦橋にいた宇垣司令官は、日記に書き記《しる》す。

「決戦第二日。月齢七の月光を薄曇りに利用して、〇〇三五サンベルナルジノ海峡を難無く通過、針路を東に取り第一九警戒航行序列と為す」

艦橋外郭から、半階下にある飛行搭乗員待機室にひき返して、外壁に沿った弓形の長椅子の上に、私は身体をのばし、しばらく眠ることにする。私と頭を付き合わせるようにして横になったまま、土屋飛曹長は暗がりの中で身じろぎもしない。

10月24日、敵機が去ったのち、シブヤン海をゆく栗田艦隊。一時西方に反転避退したが、ふたたび反転して進撃をつづけた。

そうしていると、一昨日の二十三日早朝に、パラワン水道で米潜のあざやかな攻撃を目前に見たおりから心にわだかまりつづけている懸念が、頭をもち上げてきた。

あの攻撃は、おそらく米潜二隻によるものであろう。一呼吸おいて仕掛けてきた二度の雷撃で、日本の重巡二隻撃沈、一隻大破・戦線離脱の世界は、いまフィリピン東海面にひろく遊弋する敵艦隊に、周知されているにちがいない。

それにひきかえ、レイテ島やルソン島北部の東海面に網の目をはったという日本潜水艦隊（第六艦隊）潜水艦十三隻の戦果は、いまだに聞こえない。私などには聞かせてもらえない、極秘電なのかもしれないが。

大西洋のドイツ潜水艦掃討作戦でレベルアップされた米英側の潜水艦狩りの技術は、太平洋艦隊にも導入されて、日本潜水艦などは身動きもできないのではないかと思えてならない。むしろ米軍が、レイテ湾に接近した一週間前あたりから、撃沈されつづけてきたのではあるまいか。以前、フィリピン南方の海域で、すさまじい日本潜水艦壊滅作戦があったと聞いたが、敵には潜水艦を探知する聴音なり、電波のすぐれた測定兵器があるにちがいない。土屋飛曹長が教官をしていた大井航空隊では、われわれ学生仲間のうちの情報通が、潜水艦探知の英米側技術は、わが方よりかくだんに進歩したものだと言いだした。いや、そのような駆潜艇、駆逐艦の爆雷攻撃よりも、航空機による俯瞰《ふかん》、降下爆撃のほうが奏功する、南方海域の澄んだ水中では、敵潜を見つけるのはたやすいことだと、見てきたような話を言いだす者もいて、私などはドギモを抜かれっぱなしだった。練習航空隊の講義に刺激されて、仲間のうちで放談めいた議論を戦わしたのも、案外に実践の様相を透視したものであったと、いまでは思えてくる。

昨日の二十四日午前中に、航海科の鈴木少尉と治療所前の廊下ですれちがったとき、私は敵の持つ水中測定計器についての懸念を、彼に問いかけた。

鈴木は負傷したばかりで、頭部を包帯で巻き、そのうえ頬には血糊がこびりついていた。朝の第二次の空襲であろうか、第二艦橋の航海科の兵員四、五人が、右舷防弾鎧窓を破ってとび込んできた至近弾の破片に、なぎ倒された。死傷した部下の処置に夢中だったのか、彼は自分の頬についた返り血にも気づかないふうだ。

鈴木は肩で息をしながら、私の太股の治療を見せてもらった、とまず切り出した。

「『大和』の水中聴音機にしてからが」

小柄の鈴木は、いつもの癖で、背伸びをするようにしてしゃべりはじめた。

「医者が聴音器を使う程度のものなんだ。それにくらべれば敵さんの潜水艦キャッチの技術は、おそらく数段進歩しているさ」

傷の痛みに耐えながらしゃべる鼻息のあらさに、私はそうそうに退散しようとした。彼は追いかけるように、急いで言った。

「この戦闘で、アメリカの駆逐艦でも捕らえて、彼らの測定計器をごっそりいただいたらどうだろう。日本でも、たちまちいい機械がつくれるだろうよ。電探がそれなんだから」

私も言った。

「その電探がさっぱりじゃないか、『大和』でも、『只今のは敵機群の接近ではなく、島のまちがいであった。対空戦闘配置につけ、は解除する』とか言ってね」

「おまけに、『警戒はそのまま』で、万一、やはり敵機群だったら困るってわけ」

負傷しても、一言居士の鈴木の皮肉は健在だった。

私と土屋飛曹長とは、しばらく眠ったらしい。深い眠りであった。

私は身のまわりに、ふとひとの気配を感じた。部屋の灯を消した真っ暗闇の中であった。つい咎めると、あわてふためいて、鉄扉の外へ折りかさなるように出ていった。

廊下のかすかな光で、黒い影が三人は見えた。数人の兵が、いつの間にか搭乗員待機室に入り込んで、入口ちかくに伏せる私の足下の長椅子の上に、身体をまるめて眠りこけてしまったらしい。うちのひとりが寝返りをして、私の足にふれたのである。

平素は無人の待機室は、どうやら艦橋配置の彼らの、ひそかな仮眠場所になっていたようだ。

起こされてしまい、私は彼らのすぐ後を、いつもの第一艦橋横に向かった。手前の通路小窓からは、海面がスコールにけむり、風浪に荒れ、視界はごく悪いのが見える。

外郭に出る。風裏なのか、案外と風に吹かれず、おだやかな気配で、「大和」右舷沿いには、夜目にも高い山容が海岸に迫って、きつい傾斜で海になだれ込んでいる。黒い山並みは、遠くまで見わたせる。

サマール島の濡れそぼった山の傾斜が、「大和」の行く手にかぎりなくつづく。「サマール島に沿って南下する」と昨夜、明石海峡のことをいった兵曹から聞いたとおりのコースである。

「大和」は思わぬ近距離に接近して、山並みののばす岩礁に沿って南下する。黒く濡れそぼつ山肌は、マグマのかたまった火成岩の、ゴツゴツした岩壁の連続であった。

行く手のサマール島の南端に、めざすレイテ湾がある。湾岸に築かれたと噂のある米上陸軍の拠点、橋頭堡《きょうとうほ》とはどのようなものであろうか。湾から上陸する部隊を守り、以後の攻撃の足場とする地点という。

米陸軍部隊がレイテに上陸した十月二十日から、今日で六日目になる。すでに米兵は内陸部に侵入してしまい、湾岸周辺にはほとんど見られないのではなかろうか。レイテ湾内にも、ほとんど艦影らしきものなし、との偵察報告である。

レイテ湾内に突入した場合、「大和」主砲の砲撃目標は、どう設定するのであろうか。

レイテ湾内に存在する輸送船は、おそらく空船となっていよう。レイテ湾から、西方向の海峡なり、海域に展開し、退避している艦艇群や、北方向の内陸部に前進した散兵線を、果たしてわが戦艦、重巡の艦砲は、砲撃できるのであろうか。その弾着観測などが、各艦の艦載機で可能なのであろうか。

私は夜霧に濡れそぼちながら、想像に想像をかさねるような思案に疲れ、待機室の毛布の上にひき返して、ふたたび横になった。

いきなり、深みに落ち込むような眠りであった。

「大和」主砲の咆哮

突然、主砲砲撃のはげしい震動で目が覚めた。土屋飛曹長が「撃ちはじめたようだ」といって、私の目の中をのぞき込む。彼は眠りこける私の顔を、先ほどから見ていたようだ。

待機室を出て、私はすぐに第一艦橋へ行った。とたんに「じぃーん」と、艦首からやや左舷方向に向いた主砲六門が撃った。黄色い砲煙が前甲板を吹き過ぎて、艦橋にバラバラと装薬の燃えがらを降りかける。

さらに二斉射目、三斉射目とつづく。六門斉射では「大和」の行き足が止まるような感じになる。

「左砲戦!」

私は叫んでしまう。当たれ、と祈りを込める。主砲六門の砲口から噴出する茶褐色の砲煙の向こうへ、六本の弾道が薄煙を曳いてのびていくと見えるのは、私の思い過ごしであろうか。

「大和」の艦首に砕ける波浪の巨大さは、はじめて見るスケールだ。艦首に押し上げられた波が、滝しぶきとなって飛散し、前甲板が消える。最大速力二十七ノットで米空母群を追って行く。

遠く行く手の海面に、低くスコールの雲がある。暗い雲間から海面に降りそそぐ雨足の幕に、米駆逐艦が黒、黄の煙幕を左右から展開していく。赤の煙幕をふりたてて、一隻があわただしく、右遠くから駆けつけてくる。

「空母が見えん」

艦隊司令部の参謀がどなった。

「邪魔だ、どけ！」と、声は第一艦橋の低い天井に反響した。

米空母群を護衛する駆逐艦の動きは、「大和」艦橋頂上の主砲測的所の視界内、むしろ至近の海面に、横腹をみせて右に左にゆき交う。勇敢にすぎる。斉射すれば、刃のような細身の艦体は空中に舞い上がって、四散するにちがいない。

私は見張りの兵から、午前五時すぎの黎明時に、五隻の護衛空母ばかりの敵機動部隊とレイテ湾北方の洋上で不意に遭遇したこと、七隻の駆逐艦、護衛駆逐艦群に守られ、敵空母は南東方向へ遁走中であること、午前六時前にまず「大和」が撃ち、各艦が急追していることなどを聞いた。

戦艦「榛名」が「大和」の前方をゆく。ほの暗く、七時前である。横の双眼鏡にとりつく

配置の兵が、私をふり返ると、
「さきほど『榛名』が『大和』の左舷に接近して、巨大な艦橋がすぐ横を走り抜けた。あわや衝突かと肝をひやしたが、『大和』が右に変針して回避した」という。

艤装中の戦艦「大和」後部主砲塔——10月25日午前5時すぎ、敵護衛空母群と遭遇し、46センチ3連装の主砲が火を吹いた。

「榛名」はまっしぐらに前進して、前部主砲四門を撃ちつづけているらしく、発射した黒煙のかたまりが、艦後方に置きざりになっていく。

　黒煙が重たく渦巻き、海面近くにただよい降りて、水面に影を落とすのが、いまは「大和」の左舷前方に見える。

　私は、双眼鏡から目を離すな、見つづけるのだ、と黙って兵の肩を押した。敵改装空母群を護衛する駆逐艦群の艦型を識別して作戦に役立ててほしい。彼は艦型識別のかくれた権威で、その方面の私の先生であった。

　この先生をリンガ泊地で発見して師事したおかげで、他艦の名をかなり正確に言いあてる私に、飛行科兵員の二、三人は、私が土浦、大井航空隊で教育を受けただけなのに、よく識別ができる、抜群の記憶力だと思い込んでいるらしい。

抜群の興味で、艦型を艦隊勤務の間に独学して、敵艦にも精通する兵であった。私は味方艦の一部を見分けるていどの、おぼえの悪い生徒に過ぎぬ。「大和」の前部主砲塔二つ、六門の巨砲の後方にひかえて、最上甲板から十メートルの高さに砲塔を組む三連装の副砲が、さきほどから間断なく火を吹く。主砲の四十六センチにくらべれば、三分の一の十五・五センチだが、重巡の主砲級である。発射速度もはやく、艦橋の足もとでしきりに雷光を放つ。

前面にスコール雲がわき上がってくる。煙幕が海面低く煙霧となり、雨滴をしとどに含んでただよい、いっそう視界を閉ざすようだ。敵が「神よ、われらを救い給え」と祈っているのだろう。

私が見つめている霧時雨《しぐれ》のただようはざまから、黒い艦影が躍り出た。左回頭して、突撃に移ろうとする。

「巡洋艦がいた」

向こう側の見張りの兵が、すっとんきょうな声をあげる。

「ちがうんだ。間違えるな」

〝先生〟が負けじと言いかえす。その艦腹の黒灰色の迷彩に、私は目を奪われる。直線で色分けして、艦が二つにみえる。敵国には、大量生産する船型があると聞く。

ちかりと、敵艦前部の砲が発光する。見るからに貧相な砲火で、少なくとも二連装であろうに、なぜか単発に見える。わきかえる靄をバックにして、ここを射てとみすみす信号を送っているようだ。

姿勢を小さくし、海面を這《は》い、真一文字に突進するが、速力は遅く、私はふと不審な思いにさそわれる。

殉難の突撃かもしれない。吹きとぶぞ、と叫びそうになる。

わが三連装の副砲が、左砲戦から右舷にふりむきざま、斉射を浴びせた。薄煙を曳く弾道が見える。米艦の中央部分に、命中の閃光がかがやいた。

黄色い炎を上げてひろがるとみるまに、誘爆か、艦底から火柱が噴き上がって、艦影は黒煙につつまれた。私は、双眼鏡から目を離さない〝先生〟に言った。

「あせったわけだ。まっしぐらに来た」

「怖かったのでしょう。仮装駆逐艦の大型です」

海面の黒煙がうすれ、敵艦の姿はない。わが重巡「摩耶」とおなじ轟沈である。「大和」の右舷甲板をかすって烹炊所に撃ち込まれた米艦の小型砲弾は、不発弾であった。

私は気づいていた。わが艦隊の上空にまばらに飛来する米艦爆機編隊が、間断なく急降下してくる。小型の米改装空母が逃走しながら、少数機ずつを放つようだ。わが方の有力艦隊の追撃に、功妙な抑止策を講じてくる。

それに、護衛空母とも呼ばれるだけあって、自分方の水上艦を護衛する役割をはたして、接近したわが方の艦に反撃を加えてくる。

私は艦橋の側窓から、三機編隊で突っ込んでくる米機群の急降下ぶりを、じっくりと拝見することにする。

昨日の艦内のことだ。

「十機編隊で、うち三機はすぐれた急降下をしてきますよ」

敵機の動きを、どう高角砲射撃盤（計算機）の敵針（赤針）に表現するかに苦慮しつづけだと、射撃盤担当の兵曹から夜になって聞かされたが、そのときの彼の話である。

昨日のシブヤン海では、十機にあまる急降下爆撃機（艦爆）編隊の先頭機が、「大和」上空で翼を左右にバンクさせて、急降下を開始する一点をあとにつづく列機に知らせると、まず針路から左へ十五度ほど変針するとみるまに、垂直にちかく急降下してくる。

つづく機は針路をさらに進んで、やおら左に十五度ふって、急降下する。つづく機も、針路をさらに前に進めてから、左に十五度ふって急降下に入る。

敵機の動きにあわせて揺れる射撃盤上の赤針に、両舷の高角砲六基十二門の青針をかさねなければならない。かさなった瞬間に発射される原理であるが、艦上空のあまりに垂直方向から敵機に突っ込まれると、高角砲では指向できない。

「一機め、二機め、三機めと、つぎつぎに前に進むのは、それだけ『大和』直上に来てから、突っ込みに掛かるという意味だね」

「そうであります。『大和』の熾烈な弾幕の中へ突っ込める優秀なパイロットが、編隊の中にふくまれています。つづく列機の降下開始を指導する、ペースメーカーになるのだという意識がうかがえる機が、何機かに一機ずつ、混じっています」

きびしい攻めができるパイロットだ。急降下の角度は三十度がふつうだが、さらに急角度に「大和」の真上零度からでも、びゅっと降りる。高射長の川崎中佐から、米軍の優秀なパイロットの話は聞かされていたが、

「すごいのが混じっている、と話し合っています」

と皆で話しているという。

今日のサマール沖では、一度に降下する艦爆は二機、三機編隊ていどで、初陣の私が、彼らの攻撃法を観測するには、ころあいの機数である。

急降下の角度は三十度、四十度と浅く、艦橋廊下に姿勢を低くして、小さい側窓から見上げる角度の空域を、米機編隊は降下する。

サマール島沖の向こうの海面から上昇し、つづいて降下して「大和」を攻める米機の飛行は、三段飛びのように見える。

編隊が護衛空母の甲板から飛び立ち、艦首前方のスコール雲の上空へと高度を高めながら「大和」に近づくさまは、ホップ、ステップと、ひたすらに高度を高め、最後のジャンプで精一杯の上昇をはたしてから、長い放物線を描くように緩降下を開始する。だから「大和」の前半分に装備された機銃、高角砲群からの迎え討つ射撃に、容易に捉えられてしまう。艦の進路の前面に、米機の飛散がしきりに見える。

今日の空襲に、尖鋭さは感じられない。昨日のシブヤン海に飛来した米機群の比ではない。それというのも、空母は攻撃目標とした敵艦隊に向けて、はるかに離れた海面から艦載機を放つのを常道とする。攻撃機群は目標に向かって進むうちに散開し、集中して態勢をととのえ、高度をとり、敵上空に到達するころには、最良の条件で攻撃を開始することになる。

前面の空母群のように、日本艦隊と不意に遭遇したため、視認できる近距離から、あわてて攻撃機を放つようなことは異例といえよう。

逃げる米空母群の向こうには、今次の作戦のはじめに通信科も強調していたように、幾群かの機動部隊がいるにちがいない。しかし、それらからの応援機の飛来が、早朝のことでもあり、いまだ充分でないのであろう。

それらしい高々度を来る豆粒ほどの機影は、ほんのわずかであることにも、私は気づいていた。

空母と戦艦群の遭遇など、例のない戦闘だと思うせいか、「大和」上空に達する前に、つぎつぎと撃墜されていく米機編隊を見るうちに、しだいに心の中に、陰鬱《いんうつ》な気分がわだかまってくる。洋上のところどころに雨柱が立っていて、いつまでも暗い曇天の朝や、私の一昨日来の寝不足などのためではない。

米機があっけないほどに翼をもがれ、不規則に回転して空中分解していく。昨日一日の水ぎわだった来襲ぶりとはうってかわって、ぎこちない米機の動きに、私はかえって不気味ささえ感じはじめていた。

米機の攻撃の甘さが、私に不安をつのらせてくる。それがなぜであるのか、理由も思いあたらぬもどかしさに、私は第一艦橋の鉄扉のかげのほの暗さの中で、ひとり当惑している。

昨日にくらべて、意外なほどのもろさ。この事態は、米軍のまたの実体であろうかと、みずから納得すれば、かえって白け、むしろ心がかりが、いっそう募るようだった。

射出された観測機

「大和」艦長の操艦は、決戦第二日目の今日は冴《さ》えにさえる。艦首をふり立てふり立て、左右に機敏に動いて、中空からの爆弾投下をさけて進む。

左舷、右舷に至近弾の水柱が高く上がるなかを、艦橋頂上に立つ森下少将は、馬首を右に左にふりわける気合いで進む。巨艦も、乗組員二千八百人も、森下ひとりの手綱さばきで絶妙の航跡を曳く。

艦は左右に傾き、艦首に砕けた波浪のしぶきは百三十メートルを飛び、艦橋にまでふり掛かる。行く手のスコール雲、降りたつ雨柱のあたりから、風浪が「大和」の正面に打ち寄せてくる。

小柄、温容の森下艦長はいま、彼の生涯最高の高揚のひと時を過ごすかに思える。この戦闘のために、リンガ泊地百日訓練での彼の全思考が、集中されていたにちがいない。

「観測機、射出用意」

第一艦橋中央あたりの声をなかば聞いて、私は身をひそめていた入口扉の陰から走り出た。声が飛行長のものであったか、艦内電話を使って飛行科に命令するものであったかを、知るいとまもない。

唐突に身をひるがえす私に、だれかの白い顔がふり返った。今朝は、艦橋内の背面の壁に立ち並ぶ幹部の姿が多い。その列のあたりから、わが方の戦果に嘆声がしばしば上がった。

飛行搭乗員には使用が許可されている艦橋エレベーターで、私は艦橋上甲板まで一気に降り、右舷通路を艦尾へ走った。

飛行甲板に、整備員の緑色戦闘服姿が活発に動く。

左舷に突き出したカタパルト上で、零式観測機（ゼロ観）がプロペラをまわす。黒須少尉操縦、分隊長今泉中尉偵察の「大和」二号機（211-02）が、エンジン音を高める。

今泉中尉が後部の偵察席から、左舷甲板に立たつ私を見つめた。張り詰めた表情だ。

それは、俺は死ぬ者、こいつはこれから生きる者、と語っている。

飛行眼鏡の奥の目が温《あたた》かい。生きてろよ、と彼のとがった唇に表情がある。

私は上空を見張る。高空に米艦爆機が立ち止まり、旋回する姿が見える。みるまに、急降下してくる。

後部機銃群指揮官の岩田少尉、和田兵曹長も気づいていたか、火箭を撃ち上げる。飛行甲板の左右舷に六門ずつ、十二門の二十五ミリ機銃の曳光弾が、真上の空に吸い込まれていく。私は主砲の砲身のかげに身体を隠そうとして、恥じた。

整備の幹部兵曹たちの動きが活発だ。掌整備長の湊兵曹長がカタパルト操作指揮の赤旗を振り、ホイッスルを吹くが、米機降下の爆音のうなりに攪乱されてか、徹底を欠く。古参先任の兵曹が応援して、ようやくカタパルトの整備完了の合図が出て、赤旗が勢いよく上がり、硝煙が噴出して、発射音がひびきわたった。

今泉の前かがみになる姿が、カタパルトの上を走った。カタパルトを出て、濃緑色の機体はすこし沈み、そのまま一気に「大和」の左舷方向へ向かうと、みるまに機影は遠ざかっていく。黒須のなめらかな操縦を追跡する米機はない。

「よおーしっ」

私は海上に速力をました機影を追って叫ぶ。その場に飛びあがる。一刻もはやく、水平線に垂れる低い雲に入れ！
　黒点となった「大和」機の行く手に、
まっしぐらに雲のなかをめざすようだ。

零式観測機――本来の弾着観測の用途のほかにも、空戦や爆撃などに使用できる万能型の水上機として高く評価されていた。

白いスコール雲が見える。じょじょに高度を上げ、あのあたりに、敵戦闘機の姿が見えはじめたのかも知れない。たのむぞ黒須、今泉をたのむ、と私は心の中で叫んだ。

　私はその後、飛行科作業に没頭していたが、「大和」はその間にも転舵がはげしく、飛行甲板に立つ者たちの全身をゆるがせつづけた。今泉、黒須機が水平線の向こうへ消え、ふと気がつけば、「大和」の艦尾方向に敵艦群を追う、わが砲煙のたなびくのを見る。なぜ「大和」は追撃をやめた、と私は艦橋をふり仰ぐ。

「魚雷！」

　煙突付近の高みから、左舷の海面を指さして、口々に叫ぶ声を聞く。飛行科整備兵が、いっせいに飛行甲板下へ姿を消していく。

　また遅れをとったと、私は走る。右舷にまわって艦橋下の扉から艦内に入ろうとして、ひとりの古参兵曹が、そこの舷側から身体をのり出し、雷跡に見入るのに気づく。上空に機影はない。

私は兵曹のそばに立ち止まった。「大和」は右旋回に余念がない。ぐいぐいと舵が利いていく。巨艦は舵が利きはじめると、まわりが速いものだ。

「変わるかっ。いや、当たる。こんどは当たったかっ。いや……変わった。……変わったっ」

兵曹は絶叫して、艦橋頂上の防空指揮所を見あげて手を振る。いま、艦尾を掠めたと、力を込めてジェスチャーを送る。

指揮所の右舷側に四基ある十二センチ双眼鏡の間からも、二、三人の兵員が身体をのり出し、手を振って応えた。

舷側の兵曹が絶叫する間、私は首のすくむ思いで、艦尾の舵、スクリューのあたりから、魚雷爆発の衝撃が伝わってくるのを待った。変わったと、兵曹が叫び、私の近くにいた兵が小躍りして拍手した。

私は歩き出しながら、右から来る魚雷に、右回頭してかわす、左回頭ではないのか、と両手を使い、あざやかに示す白い雷跡と「大和」の艦体との交錯、並行の具合を思いめぐらす。わからなくなり、いずれよく考えてみようとあきらめる。

いまの場合、左舷に「大和」と並行して数本の魚雷が走っていたらしいのだが、右にあれほど急速回頭すれば、左舷の魚雷に接触する危険はなかったのであろうか。

森下艦長は水雷科の出身だから、リンガ泊地で魚雷なり、爆弾の回避運動をひとり思慮しつづけたにちがいない。

昨日から彼は、魚雷の命中を一本も許していない。数十本、いやそれに倍する魚雷が「大和」に迫って来たはずである。

爆撃機による急降下爆撃の投弾も、百発に近いだろう。艦首左舷のまぎわの海面に炸裂した二百五十キロ爆弾ひとつを許しただけだ。

このような巨艦でも、いよいよの危急に臨んでは、艦長ひとりの判断、操作に総員が頼るほかはないのだ。

現実は情け容赦なく

私はふたたび第一艦橋右舷の鉄窓に行き、スコールがしぶく海面を見おろした。

そこの見張りの兵たちから聞いた。

「大和」は米駆逐艦の放った魚雷群に不意におそわれ、数度つづけざまに回避するうちに、左右舷を数本ずつの魚雷ではさまれ、敵空母部隊に艦尾をむけて何分間かを走った。魚雷はやがて深みに沈下していき、「大和」はすかさず百八十度右回頭して、敵艦隊を追う針路にもどったという。

そのやさきに「大和」右舷の至近を、一本の米魚雷が艦尾へ掠め去ったのを、私はちょうど見たわけだ。見張りの兵は、右舷艦尾を擦過するほどに走った魚雷のあったことは知らないという。

米魚雷の接近を右舷の兵曹に監視させたのは、艦橋頂上の防空指揮所の指図であったのか。

右舷三基の高角双眼鏡の中央に、首だけをのぞかせたのは、背の低い艦長かも知れない。艦長定位置の中央の羅針儀の取りつけ椅子から、あのとき艦長は、右舷の鉄囲いに出たにちがいない。

米駆逐艦の健闘はめざましい。「大和」を追撃戦から大幅に遅延させたのである。

「何分くらい走ったのか」

私はかたわらの兵にたずねた。

「なにもない水平線を向いて走ったのですから」

「何分だ」

「…………」

答えがないのは、私の表情がけわしいためらしい。そばの兵にも、おたがい正確に時間をはかっていたわけではあるまいに、という気配がある。

「往復三十分にはなっておりませんが、たっぷり二十分以上は遅れていましょうか。反転しても、面舵《おもかじ》（右回頭）かなにか、かなり迂回してしまいましたし」

いつの間にか、明石海峡の兵曹が私の脇にきて、とりなすように答えた。

私は、外郭のすぐ一階上のベランダ中央、羅針儀につく森下艦長の心中をはかっていた。得意の魚雷回避運動の結果、だいじな戦局で、敵に後ろを見せる航行をしてしまった彼の心中は、穏やかではあるまい。

艦橋をのぼってきたばかりの私が、第一艦橋の参謀たちの表情に、なにか冷やかな雰囲気、批判めいた気配を感じて、なぜかといぶかったが、旗艦が反転して追撃戦から離脱したので、幹部たちの愚痴となりはじめているらしい。

私がのぞいたおり、第一艦橋内はざわつき、宇垣中将までが憮然とした表情で椅子から立ち上がり、海面にうつろな視線を落としていた。

煙幕を張り、レーダー装備に劣っていた栗田艦隊の射撃をさまたげて、必死に退却しようとする米護衛空母ガンビア・ベイ。

かえって栗田中将が、宇垣のお株をうばって、動かぬ表情の能面提督となって、いつもの苦りきった顔つきのままだった。

森下艦長にとって屈辱回避運動ともいえるひと時が、往復三十分近くになっておれば、追撃復帰は困難であろう。第二艦隊の全般的な観点からは、重巡、旧式戦艦など六隻ほどの艦を前面に立てて、「大和」は後方でもたついていたということになる。

参謀たちは低い天井の空間で、いっせいに渋面を並べてしまった。

「回避し過ぎだ」

とでも、彼らだけで囁きあっているのであろうか。百発以上もの爆弾、魚雷をかわしてきた「大和」艦長であることはわかっていよう。

とはいえ、敵艦であふれているにちがいないレイテ湾東方のこの海域で、偵察機も充分には飛ばすことができず、いまだ敵情もわからぬ不如意の戦闘に、ささくれだった幹部たちの心は、やはり苛立つのも仕方のないことか。現実は、情け容赦がない。

艦橋の四十メートルの高みから見おろす海面は、スコールにしぶき、果てしなくつづく。「大和」は最大戦速二十七ノットで、海面を掠めていく。

敵機の撃墜されたあとか、海面に点々と空色の航空燃料の溶けてただようのが見える。進むうちに、赤、黒、グリーン、白、黄、茶の斑点も見えてくる。各艦の主砲弾の弾着による水柱を染める色粉が、丸くただよっている。

ことにあざやかな赤色は、米機の落ちた海面を染めており、戦闘後に米飛行艇が生存搭乗員を捜索する目印にするらしいと、高角砲座のベテラン兵から聞いたことがある。それならば、いま私が空色の航空燃料と見たのは、じつは味方艦砲弾の色彩であるかも知れない。

「大和」は進む。スコールを抜け、紺碧の南海を突っ走る。丸い空色の夢のように透明な航空燃料が、点々と「大和」の左右に浮くなかをゆく。

刃物のような鋭い機体は、もう水没して姿はない。勇敢な米パイロット、彼らにふさわしい墓標がつづくように、私には見える。

いまや穏やかになった海面を見おろし、之字運動を果てしなく繰り返して進みいく艦首を、私は見つめる。

米魚雷を回避して、敵空母群に背を向け暫時《ざんじ》航行した先ほどの遅れを取り返すべく、われはいそぎ追撃していく。

周囲に、味方艦の姿は見えない。米艦爆機による相当な被爆があると聞いた。親友岩崎少尉の乗り組む重巡「筑摩」の名前を、ふと耳にしたように思う。聞きたくないと、一瞬に激情が体内をかけめぐり、「筑摩」の危急を聞いたかどうかさえ、いまは曖昧《あいまい》になってしまった。

グラマンＦ６Ｆヘルキャット――「大和」のみならず、日本軍を悩ませつづけた第２次大戦中期以降の米艦上戦闘機の主力。

　私は艦橋外郭に立ち、両頬に冷たい風をうけて、前へ前へと駆けつける。

「大和」一番機の三十分後に、二番機がカタパルトから射ち出された。

「大和」一号機（211－01）で、安田飛曹長操縦、須古上飛曹偵察である。ともに予科練二期、七期のベテラン搭乗員だ。

　最初に出た機が、観測不可能を連絡してきたので、いそぎ二番機の発進が命じられた。艦尾の臨時搭乗員待機室に配置された残り六人には、即時待機の指示がつづいていたらしい。

　私が上甲板左舷の廊下を、いつものときのようにいそぎ駆け抜けて艦尾甲板にとび出すのと、支柱の上のカタパルトから二番機が射出されるのと、同時だった。

　二番機のカタパルト射出作業中も、急降下してきた米機の掃射を受けた。飛行甲板に音高く跳弾がはねかえる中で、掌整備長が抜刀して士気を鼓舞した、という話を、私は整備の上席の兵曹から射出後に聞いた。

温和な、歳をくった掌整備長の、必死の措置であったと思う。抜刀は整備兵たちのためとともに、彼自身のためのものであろうと、みなも感じていた。

後日になって、主として二番機の搭乗員から私が聞き知った「大和」機の戦況を述べよう。

一番機は、敵の針路は南東、と報じたあと、観測継続困難を訴えるうち、敵機の追蹤を受け、消息を絶った。

つぎに発進した二番機は、カタパルトから出ると、上空から空冷エンジンの丸い部分だけとなった敵機が、ほとんど垂直に降下して機銃を射ちかけてきた。

どうかわしたか、夢中で水平線のスコール雲まで飛び、雲間に入った。雲の中から、出たり入ったりして観測態勢をとり、おりからの「大和」電探射撃の弾着を観測して、

「二百（メートル）寄せ」

と修正を打電したが、「大和」通信室とつながらない。スコール雲からのぞく程度だから、敵機動部隊の全容も判別できない。

そのうちに、観測機の周囲のスコール雲が突然、一気に霧散して消え、米空母直掩のグラマン戦闘機五機が、上空からすかさず襲ってきた。

右に左に回避するよりなく、連携して撃ちかけてくるグラマンの射線をかわすうちに、グラマン一機が「大和」機を掠めて航過して行った。

グラマン戦闘機は、「大和」観測機の倍のスピードが出ている。

米パイロットは紫色のマフラーを首に巻いていて、その裾を手に取り、こちらに向けて振る姿が、一瞬見えた。

後席の須古上飛曹が伝声管を口にあて、せき込んで言った。

「分隊士、追いましょう」

増速し、一斉射でも報いたいと、若い兵曹は意気込む。

「翼をみろ、翼を。ガタガタだ」

後席をなかば振り返るようにして、安田飛曹長が言った。翼の主桁が射ち抜かれているのか、風圧にガクガクと揺れている。

須古の目の前の、前席との間にも、いつのまにか大きな破口があき、エンジンからきな臭い煙が鼻をつく。

「こりゃあ、あかんなあ」

思わず溜息をつく彼の上半身を、振りちぎるほどにキリモミして、機は海面へと急降下した。撃墜されたと見えるほどの巧妙さで、そのまま海面を這い、レイテ島南部へと西方向に退避して、セブ島南方のミンダナオ海を行く。

海面に巡洋艦を発見して近づくと、米艦であった。相手もおどろいたのか、はげしい砲火を浴びせてきた。

いそいで超低空に海面を這い、退避する。今回も安田飛曹長の急降下してのかわしっぷりに、須古上飛曹はほれぼれする。

セブ島を北上する須古上飛曹の航法で、昨二十四日に苦戦したシブヤン海の西方海域四百キロメートルを一気に飛び、ミンドロ島南部、サンホセ付近の陸軍基地に到達した。かねての打ち合わせどおり、一番機の今泉、黒須機も避難していて、燃料を補給した。一番機は無傷であった。

二機がそろって北に向かい、マニラ郊外の水偵基地に到達、二日ほどそこに滞在した。第二艦隊の動向をさぐってから、二機はボルネオのブルネイ湾に向けて飛び立った。

パラワン島を南下し、全航程千二百キロメートルのなかばにあった陸軍基地で一泊、給油を受ける。翌朝に出発して、ブルネイ湾内の水上基地に到着し、その後「大和」に帰艦した。

そして、この話を勇士たちから、かわるがわる私は聞かされることになった。

第五章　不意の会敵

重巡「筑摩」の悲報

私の記憶をたどる記述を、観測機発進の時点にもどすことにする。

十月二十五日午前八時前の一番機発進の時刻に、「大和」周辺には米機は散発的に二機、三機と飛来するていどであったことが、飛行科整備兵に死傷者が出なかった幸運につながったのは、事実である。そのうえ、飛行甲板、カタパルトからの観測機発進作業は、飛行甲板、艦尾甲板の機銃群の掩護射撃に守られていた。

十三門をこえる二十五ミリ機銃の撃ち上げる弾幕に、数すくない敵機はすくみ、おおかたは上空旋回をするほかなく、飛行甲板の作業を妨害するため急降下するのもままならず、一機が一航過して去っただけであった。

三十分後に出た二番機は、カタパルトから射出された直後に、敵グラマン機の攻撃を受けた。カタパルトから出て、海面を這《は》うときの観測機のスピードは、巡航速度百二十ノット以内である。

上空から降下して、三百ノットにも加速してくるグラマン戦闘機の射撃を、どうかわしたのか。射線をかわしながら、スコール雲をめざして緩上昇し、観測機の最大機速百八十ノットに増速できたかなど、後日になって私が質問するのに、安田飛曹長ははにかみ、

「よくわからんです」

とみじかく答えるばかりだった。

だが私には、安田機の飛び去ったあとの、砲煙のたちこめる空漠とした海面を見つめていて、思い当たったことがあった。それは、私がたびたび安田飛曹長とペアを組み、飛んだ経験からの推測である。

百二十ノットで千メートルを飛ぶには、十五秒を要する。二千メートルには三十秒を要する。観測機に降下射撃を仕掛けてくるグラマン機に向かって、「大和」後部機銃群が掩護できる範囲は、左舷方向の海上で一分足らずにすぎない。

観測機が撃墜されなかったのは、安田飛曹長の操縦が海面を這いながら、微妙に右へ左へと機首をふり、敵機の射線をかわしつづけたからであろう。そのような彼の練達を、私は後部の偵察席でいくたびか経験している。

彼は、後方に半身にかまえて運動神経を張り詰め、増速効果を削減せずに、左右に機体をふって緩上昇していき、またたきする間に、スコール雲にとび込んだにちがいなかった。

二番機の発進後、私が後部甲板にいたときのことだが、突風がいくどかつづいて吹き過ぎる中で、私は岩崎少尉の乗り組む重巡「筑摩」が不意の空爆で深手を負ったらしいと、兵員が話し合うのを耳にしたようだ。

飛行甲板の前方にある後部副砲あたりの左舷甲板は、しだいに人だかりがして、なかに艦

内帽を目深にかぶりなおすもの、後から姿をあらわした仲間らしいのを、わざとあわてたように皆の頭ごしに手招きして、大声で「筑摩」の被害を伝える。

彼らの同年兵が「筑摩」「熊野」「鈴谷」の第七戦隊に多数配置されているらしい。

「なかでも『筑摩』がいかんなあ。ちょいちょい、そない言うとるがな」

電撃に似たしびれが、私の体内をかけめぐった。

明け方にレイテ湾南方の海域で、敵空母群と不意に遭遇して、反転して逃げる敵を追撃する戦闘になり、七戦隊の各艦が真っ先かけて第二艦隊の前面におどりでた。

米護衛空母、駆逐艦群に砲撃をくわえて南に向かうという情報を、私は艦橋ではやくに聞いて、承知していた。

「筑摩」が米機のため被爆して、その後に舵まで損傷し、敵であふれたレイテ湾沖の海面を、デッキ旗旒の「われ舵故障」をかかげて、左旋回だか、右旋回だかで円を描く、むなしい航行をつづけているらしい。傾いた「筑摩」に日本の駆逐艦がより添うが……という。

あとは、二人が顔を寄せて話し合う。聞きとれぬ会話に、私は苛立ってくる。

「重巡が爆発したら、駆逐艦も誘爆して、結局は、二隻ともやられてしまうのとちがうか」

「横づけはしてないんやがな。『筑摩』はぐるぐるまわっとるんやがな。それに、どないして横づけすんねん、そうとちがうやろか」

推測の強い会話から、私は耳をおおう思いで駆けだした。前部副砲あたりの人だかりまで、左舷最上甲板を宙を飛んで駆けた。艦前部に行けば、すこしはたしかな状況を聞けるかも知れない。

たとえ一般的な敵情であってもよい。一転して、「筑摩」は危機を脱出した、ということになりはしないか。そんな思いであった。

岩崎との土浦、大井航空隊での一年間の思い出が、私の脳裏に一瞬に浮かび上がる不吉さに息が詰まる。

たわいなくふざけ合い、相好をくずす彼の表情や、思いもかけずよみがえる彼のなんでもない所作などが、つらなって脳裏をよぎる。

いま、なぜそうなるのか。彼が息絶えるときなのか、いまは、と私は宙を踏んで走る。

敵機影が遠のき、「大和」も主砲砲撃をやめた。

「その場に休め」の号令が出ていたと記憶する。そのような号令がくり返し甲板に流れ、私が駆け寄る前部では、煙草をくゆらす古参兵曹の姿も見えた。

くつろぎのひろがる最上甲板を、私は人ごみをぬっていく。

前部副砲の左舷甲板には、三千三百五十五の人だかりがしだいに増え、混雑してくる。みなの頭上の向こうの水平線に、遠雷のいなずまが火柱をたてると見えるのは、わが重巡の主砲の発光が、スコール雲でけむる暗い海面を走るためだった。

敵駆逐艦が曳いた煙幕の名残の輪郭が、一瞬きわだって浮き上がる。発光のたびに、私の周囲に喚声があがった。敵艦への命中弾であってほしいという願いが、みなの力をこめた肩のあたりにただよう。

戦場は遠くにあった。音さえとどかぬ世界となった。

私ははるかな海を見晴らそうと、人だかりの背後の高角砲の高みにのぼっていった。砲座へ上がる垂直壁のモンキーラッタルにとりついて、いそいで昇る私に、古参の兵曹が手をさしのべた。

年とった彼の顔を見あげる私に、彼はいたわりの微笑をうかべて、瞼をしばたたいた。私は自分の表情に、岩崎への焦燥がはげしくゆれているのがわかったが、そのようなことに、今は心をうばわれたくない。

海面が、にわかにひろがりをみせる。疲れた午後の日ざしに、よごれた平凡な波がゆらぎ、かさなり、ひろがっている。

先ほど「大和」は、敵追跡の進路から反転したコースを、数本の米魚雷に左右から挟まれて、魚雷が沈下するまでしばらく走らねばならなかった。いそぎひき返しても、その遅れのために、行く手には戦闘の名残の静けさが水平線までつづく。

「前面の各艦に、敵を追うのをやめて、反転集合しろというて、命令が出たんだから」

年とった兵曹の声と思えるのが、私の背後で話し合っている。彼の声には、私の心をさぐりあてようとする響きがある。

敵の航空攻撃をうける重巡「筑摩」――サマール島沖に米護衛空母群を追撃中、機関室に被雷して行動不能におちいこまれた。

「では……ここで、すぐにも反転するのか、『大和』は」

私は思わず語気が荒くなる。気づいて、ためらい息を呑んだ。兵曹はおびえた表情で、そんな私をちらと見ると、遠景に視線をそらし、黙り込んでしまった。優しい彼のまなざしが、水平線に私のさがしている艦影を見つけようとするようだ。

「昨日も、今日も、傷ついたものを置き去りにしてしまうのだなあ」

私は溜息を込めて、できるだけおだやかに彼に問いかける。

「武蔵」のことであるが、いまは「武蔵」を語りたくない。

そばの若い兵たちがしゃべりはじめた。

「敵機があまりに多すぎます。昨日も、今日も、敵機ばかりです」

「みんなが傷ついて……」

「向こうから……何隻が引き返してきますことやら」

私は、背後の礼儀正しい兵をふり返って言った。

「『筑摩』は舵をやられたらしい」

「そうで、ありますか」

「いかんです、それは」

「敵の駆逐艦が、前面にうようよいます」

「運の悪い艦が、あるものです」

最後の声はかの兵曹のものであった。彼はモンキーラッタルを気ぜわしく昇ってきた私の焦燥を、はじめから見抜いている。私を見つめる彼の目はうるんでいた。

私は失望し、疲れ、ふたたびモンキーラッタルを伝って甲板に降り立つと、飛行甲板へ引き返した。一段降りた艦尾甲板から、上甲板左舷通路を艦中央の艦橋へと、この日は何度か足しげく往復したように記憶する。

三番機発進はいつになるのか、私は気掛かりであった。

艦尾にちかい通路には、毛布にまかれ、ハンモックロープで固縛された遺体が、しだいに数を増し、内側鉄壁の足元にそって一列に並べられる。

通路が艦尾甲板にひらけるところには、毛布の死体の列の終わりに、古びたドラム缶が五つ置かれていた。飛行甲板へ昇るラッタルの陰に、おたがいに身を寄せ合うように、ひっそりと立っている。

錆びた缶に納められているのは、傷みのひどい遺体であった。通路にならぶ毛布、ロープ姿の戦死者は、本人が生前使用していたものを使っており、作業する者は、死者とおなじ分隊から派遣された者であった。

かれらは低い声で、私の耳もとに説明した。死者に聞こえないように話した。

通路のそのあたりには、ひどい血の臭いがこもっている。

つぎつぎに並べられた動かぬ者たち、血に染まり、ひっそりと作業する者たちで、ほの暗い片隅はあふれてくるように、私には見えた。

疑わず、誠実に戦い、かわるがわる死んでいく。そんな心のにじむ姿に、動かぬ死体も、動く戦友もおなじ心である、という考えに私はしだいに占められていった。私も、ここにいる死者や作業員とおなじ一員であった。

私は艦橋から飛行科へと往復する間に、飛行甲板の機銃群指揮官、岩田少尉と交わした会話を、死体の列の横に来るたびに思いだした。

機銃群照準器（指揮所）の高みから、岩田は米機影のなくなった空を顋《あご》でしゃくりながら、通りかかった私に、いきなりまくし立てた。

「ここにいて、俺はもっぱら艦尾後方からの急降下爆撃にそなえているさ。昨日から、どれだけの黒い小粒の爆弾が、俺をめがけて降ってきたことか」

うかつにも私は、飛行甲板での作業に、艦尾上空からくる二百五十キロ爆弾には気がついていなかった。直上から仕掛けられる機銃掃射ばかりが、心がかりだった。黙りこむ私に、彼は鉄兜でかげになった顔をほころばせていった。

「森下艦長は命の恩人だよ。アメリカの艦爆は、カーチスのヘルダイバーだったかな、二人乗りでよ、身軽でよ、弾倉をひらいて緩降下してくるのが見えるんよ。爆弾が、暗い弾倉の中から、ひょいと飛び出して、俺に向かってくる。ところが、どれもが途中から、右へ左にと曲がっていく。航跡を見ると、転舵して舵が利きはじめているんだな。艦が直進していれば、何十発の爆弾をくらっているか、わからんぜ。俺はもう、とっくに戦死者になっているのさ」

彼は死者のように、おだやかな顔をしてみせた。

機銃照準器の頑丈なアーマーの中で、かならず死ぬると思うほどだから、飛行甲板にたたずんで発進作業につきそう私の肉体などは、さしづめ二百五十キロ爆弾の爆発で霧散してしまっていたにちがいない。手間がはぶけて、いいくらいだ。

死体のそばの通路が、いまは滑りがちになってきた。小さい明かり窓には雨足が見え、スコールが海面や、いつのまにか「大和」の周囲に寄りそうようになった軍艦群を、濡らしはじめる。湿った外光が、艦尾から斜めに差し込んでくる通路のあたり、リノリューム床には毛布を流れだした血がゼリー状に固まり、働くものの靴底の縞模様が印《しる》されている。たちのぼる肉脂の濃厚な湿り気の中を、みなは足ばやにゆき過ぎたり、作業に疲れ、目まいを耐え、立ち止まり、死体を踏まぬよう足元に気をくばりながら、壁にもたれかかったりしている。

その通路内壁の向こうは兵員浴室（バス）だから、そこも死体収容所になっている。

昨日の午後に「武蔵」の危急を、高角砲座の高みから案じていた兵曹たちの話から、私にはバスの濡れた床に、数人ずつ並べられた死者たちのようすが見える思いであった。

屍臭の中で死者たちは沈黙し、バスルームはほの暗い湿り気の中に、静まりかえっているだろう。忙しく立ちはたらき、だれかが後ろ手で入口のスイッチを切れば、広い浴槽や洗い場はいっきょに暗がりとなる。

だれのものかわからなくなったバラバラの腕や足の切れはしは、大型バスの入口近くにのべられた、暗い色の毛布の上に置かれているという。そこだけは、入浴用の廊下から光が差し入《い》るのであろう。

水葬のときに忘れぬように、出入口近くに置いたと、兵曹は言っていたが、どこまで本意であろうか。

若い兵の死体片づけ作業を指揮していて、掌についた血糊に気づかず、手にもった握り飯が血染めになったのに、もりもりと食いついてしまったらしい。あの兵曹には、それがよほどショックであったのか、くどい口調で、死骸には二度と触れたくないとしゃべっていた。まして、若い兵たちにとって、死体をあつかう作業は心重く、続けるにしたがって、異様な放心におちこんでいくのは事実であろう。

左舷通路内壁の向こうで、忙しく働く若い作業兵のひとりが、バスルームの入口スイッチを、ふたたびあわただしく点灯し、バスの中に入っていく。

電灯の光に、横たわる者たちが、いっせいに映し出される。はじめは無秩序なかさなりと見える。るいるいと並ぶその者たちの上を、電灯の光のはやさで静けさが広がった。さきほどまで、死者たちは闇のなかで囁き合っていたのに、いまは口を閉ざしている。

真っ先にバスルームに入った作業兵は、ついそのようなことを考えてしまう。

彼が、以前にバスルームに点灯して入ったおりも、おなじ気配を感じたのだ。だれが灯を消すのかと、彼は思わず舌打ちする。

私は艦橋下の上甲板に、エレベーターで降りた。左舷に出て、さらに通信室へと、狭い階段を駆け降りて、戦況を聞くことにした。長い間、ご無沙汰しているような気分で、とっかかりの部屋に入っていく。

いまは午前十時前、たしか昨日の午後遅くからだから、都合十七時間は勉強していないことになる。おなじ飛行科の同僚はぶっとおしで、通信室に張り付いている。彼にもたずねたいことが、ずいぶんとある気がする。

敵護衛空母群は六隻いて、それらは商船改造のもので、駆逐艦は六、七隻と聞く。

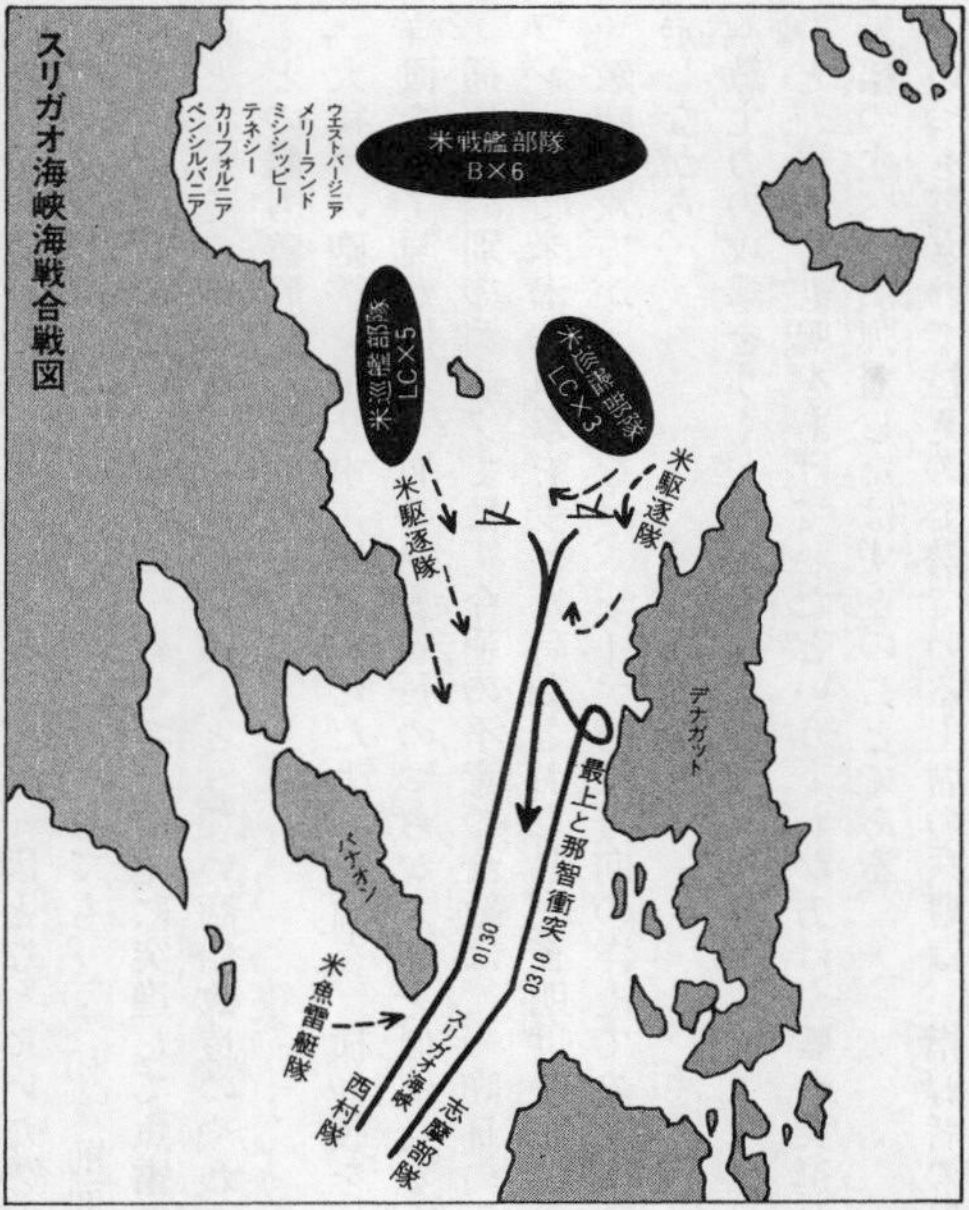

今朝方、第一艦橋右舷側の外郭の見張りが、これら駆逐艦のなかに、軽巡洋艦かどうか見分けられぬ艦型がある、という者がいたが、それは民間船舶を駆逐艦に改造したものなのであろうか。

空母も駆逐艦も、船舶から改装したのをふくむのならば、フィリピン東方の太平洋上に浮かぶ米艦の隻数は、天井知らずの多数になっているにちがいない。ここの通信室が敵信を傍受して、敵艦隊は何群いるかわからぬほど多いと、緒戦に分析したのは、そのようなことも一因となっていたのだ。

　だが、改装駆逐艦がふくまれているとしても、「大和」前面の海上を縦横に駆けめぐって、空母群を煙幕で隠し、ときに一転してわが砲に突進して魚雷を投じ、艦砲をはなって決戦をいどむ。その機敏さ、勇猛さには、とうてい商船改造のやわな気配は感じられなかった。

　どの艦も善戦し、果敢であった。

「大和」の砲撃に臆せず、煙幕のただよう海面を、横っ腹を見せて駆け巡るいさぎよさは、洋画などで見かけた不屈の白人艦長のつらがまえを偲ばせるものがあった。

　通信室の別のデスクでは、今朝の不意の会敵は、一昨日の二十三日に重巡「愛宕」がパラワン水道で米潜の攻撃を受けた時刻とおなじ、夜明けの出来事だと話し合っている。

　敵味方双方が予期しない、レイテ湾東方向の洋上での遭遇戦で、敵は南方へ、東方へと遁走しながら、

「敵主力の攻撃をうく。救助ありたい」

と、平文で悲鳴をあげていたという。わが方は全艦が突進して、戦果はそうとうに上がり、米艦のすべてに弾着したはずとのことである。

　いつも壁ぎわで控えの姿勢でいる上席の兵曹は、指導者の風格があり、若い飛行機乗りの私を鼓舞するつもりか、有無をいわせぬ語り口で、

「……でありまして」「……しかしながら」を頻発する。

　通信室に降りてきて、私がなによりも第一にたずねたいと思った重巡「筑摩」の消息は、ただ彼の顔を見たとたん、聞きそびれてしまった。まるで見てきたようにまくしたてたてられ、たた

みかけられたら、「筑摩」絶望を納得させられてしまうような気がしたからだ。「筑摩」が漂流するのとおなじ海面にいる各艦に、反転せよと打電するよう、午前八時前に艦隊命令が、艦橋から通信室に降りてきているはずだが、そのことを確かめることさえ、いまの私には空おそろしい。

そのような質問が引き金になって、「筑摩」絶望どころか、沈没とでも宣告されそうで、私はそろりそろりと兵曹から遠ざかった。

私が知りたいと思っていることは、もう一つあった。栗田艦隊が今朝の黎明時にレイテ湾に突入して、湾奥のタクロバン沖で西村艦隊とおち合い、西村艦隊の西方からの陽動突撃に呼応するというスケジュールの大幅な狂いについてである。

いましがた私が通信室に入ったおりに、かの兵曹が通信科の私の同僚の少尉と、

「レイテ湾口のスルアン島の東海面で、西村艦隊と今朝おちあう連絡は、すでに昨日の午後におわっている」

といったような話を交わしているのを、私はいきなり耳に入れてしまった。

スリガオ海峡で日本兵を救助する米魚雷艇。西村、志摩の両艦隊は、陽動作戦の失敗により、もろに米艦隊の攻撃をうけた。

私は昨日の午後遅くいらい、通信室には来ていない。二人の会話は、私には寝耳に水で、胸の中でどきりと音がするほど驚いた。つづいて怒りが噴き上げてきて、動悸が高まってくる。周囲に気どられないようにするのが、精一杯である。

第二艦隊司令部ともあろうものが、なんという甘い観測なのだ。この近辺の海域にあふれかえっている米艦の圧倒的な勢力に対する認識が、甘すぎはしないか。

陽動部隊の西村艦隊と、レイテ湾口の東海面で栗田艦隊がおち合うというのでは、西村艦隊ひとりにレイテ湾西後方のミンダナオ海、スリガオ海峡で、もろに米艦隊の攻撃を受けさせる魂胆が、昨日の午後には決まっていたことになる。シブヤン海での反転と再反転などで、時間の遅れをつくってしまったからだ。

陽動部隊の犠牲を当然視するのが、主力である栗田艦隊首脳部の作戦構想なのだ。

控えのように、いつも片隅に兵曹の二、三人がいるコーナーに、私は近づいていった。ふと横合いから、通信室の飛行科関係の兵曹が、

「朝方からパラパラと、米機が甲板には突っ込んできているようですが」

結構こちらも、たびかさなる敵機来襲の応対に忙しいのですと、私に笑いかけてきた。その明るい笑顔に私は救われ、ほっとした思いで彼の白い歯を見つめる。

親指と人差し指との腹で、交互にバネ仕掛けのキー（電鍵）をはじき、米軍式モールスを打つ兵曹が、発信機に向かっているのを指さして、

「ここで、帰艦セヨ、と英文で打電したら、一機がオーケーしよりました」

私は目を丸くして、驚嘆してみせた。

「帰《け》えっちゃったの」

「いえ、あわてて敵の本艦からでしょう、打ち消し電が入りよりました」

打電した兵曹が、英語まじりに説明をくわえるのを、私は聞いていた。

「トットットッと、来まして」

「えろう、せき込んだ打ち消し電でして」

兵曹は、スラングが上手だった。

このとき私は、奇妙な予感を感じはじめていた。わけはわからないが、通信室に膨大な破壊力が、いっきょに襲いかかる場面だった。いますぐのようでもあり、ごく近い時機に、そうなるにちがいない。

私は気ぜわしく、まわりを見つめた。目の前にある通信機材類の列、デスク、書類の山、天井を這う照明・換気・冷暖房装置、忙しくはたらく通信科員、もろもろのすべてが、瞬時に海水の白い奔流に消滅するという思いが、にわかに身内にひろがった。

アーマーを切りさく艦体炸裂の爆発、浸水の圧倒的な水圧に、すべてがこなごなに砕け散る。耳を聾するエネルギーの叫喚、つぎの瞬間には、無音の闇が一切にとってかわる。

私は大量死の予感に圧倒され、気もそぞろに二人の兵曹のそばを離れた。

栗田提督の孤影

昨日の陽のある間は米機群に、その後は潜水艦、あるいは陸上のゲリラ部隊などに偵察されつづけているならば、今朝はやくにレイテ湾東方海面で米機動部隊と出くわしたのは、それが米護衛空母側にとって、まったく思いもかけぬ不意の出来事のため、うろたえ遁走し、救援要請電報を当方にもわかりやすい平文で打ちまくるとは、すこしばかりできすぎた話だと、午前の遅い時刻になって、私は気づきはじめていた。あわてふためく微力な米護衛空母部隊というのは、なんとも真実味の稀薄な事態である。

とはいえ、こちらもあまり感心したものではない。建艦いらい、「大和」巨砲が経験するはじめての対艦隊砲撃戦に、商船改造の空母、駆逐艦を相手に気負いたっているという感じがしてならない。

「大和」は、商船を追いかける戦艦として建造されたわけではあるまい。私はいつしか、さめた気分になってしまう。艦橋で毅然として背筋をのばし、うそぶくばかりの表情でいた栗田提督は、これらのすべてを見通していたと、私には思えてくるのだった。

提督がいま、あの風貌の奥に、さめた想いを満ちあふれさせているのは、事実ではなかろうか。こんなところで、うっかり死ねるものかね、ということか。見えすいた米軍のトリックの中で、なぜ俺たちだけが死のレイテ湾に押し出されねばならぬのか、と。

死をえらぶも、生をえらび取るのも、闘いの場にのぞんだ者の判断に任せられるべきことであり、少なくとも内地の遠くにいて、戦場の機微をわからぬ者たちに押し付けられるいわれはない。

なぜ、俺がレイテ湾に押し出される破目になったのか。海軍に奉職して、老いの齢になって、アメリカ戦力とがっぷり四つに取り組む、史上最大規模の近代戦に際会した。たとえ、

栗田健男中将。著者が見た艦橋での長官の姿は孤影であった。

それがどれほどのハイレベルの戦力の激突であっても、この戦況に力み、気負い、意気込み、はやり立って、あいつは夢中になるだろう。そして、玉砕も辞さぬだろうとは、俺も甘くみられたものだと、「大和」艦橋で彼は自嘲し、腹立たしく、渋面をつくっている。

そういいたげな艦橋での栗田の姿は、むしろ孤影であった、と私は思いかえす。

「大和」の巨砲と四つに取り組む、敵主力艦隊の姿はいずこか。敵空母機の波状攻撃で、一方的に打ちすえられている。これが近代戦なのかと、そのような雰囲気が、第一艦橋内にみなぎっていた。

八月からリンガ泊地訓練に参加するうちに、私が耳にしていたことがある。

昭和十九年に入ってマニラで開いた作戦会議で、論議された次期大規模作戦の見通しでは、フィリピン周辺の戦闘に、日本機の効果的利用は考えられないほど、航空機数も、搭乗員の練度も低下しているということであった。

現に十月下旬、このレイテ沖海戦の開幕以来、栗田艦隊は米軍の潜水艦、飛行機の意のままに攻撃にさらされている。

わが攻撃機、戦闘機は四日目になっても、いまだ艦隊上空の援護に飛来もしない。うちつづく敗勢の中、なおレイテ湾で栗田艦隊が壊滅するような屈辱的な終局を迎えたのでは、世界中が驚きあきれかえる歴史的事実を、われわれから進んで残すことになる。

米艦隊、航空機群のいくえもの環視の中で、そのような散華を海軍一流の提督、艦隊に期待すること自体、不見識といわねばなるまい。いま、私にはそう思えてくる。

私は昨日の作戦で受けた、わが方の被害も聞いておきたかった。

私の訓練飛行の交信を直接に世話してくれている、もっとも親しい兵曹が、レシーバーを耳につけたまま、ようやく自席に帰ってきたので、私はかたわらの椅子に腰を降ろした。

「『武蔵』は夜になって沈没し、重巡『妙高』は被雷してブルネイ湾に回航。駆逐艦四隻の沈没のほか、損傷艦に随伴する駆逐艦までくわえて、第二艦隊の栗田部隊は、昨日のうちに戦艦四、重巡四、軽巡二、駆逐艦十一の二十一隻に激減している。各艦は大なり小なりの被害を受けて、いま現に、この海域でも脱落があいついでいる。いったい何隻になってしまったのか。昨日から敵機群は、太平洋上の敵機動部隊から飛来しているのだが、その敵主力をルソン島東北海面に吸引しているはずの小沢部隊（機動部隊本隊）からは、いまだに情報が入らないので、いらいらする」

私はそのような話を聞きながら、一方で、一昨日以来、通信科の同僚から耳にしていた通信事情にも思いをはせていた。

二十三日早朝に重巡「愛宕」が米潜に撃沈されて、艦隊司令部が「大和」に移乗してからは、「大和」通信科はたいへんな受信量の増加にみまわれ、混信におちいっていること、また小沢部隊の空母からの発信能力も傷つき、微弱化していることなどである。

そこで、昨日の早朝からの激闘で、栗田艦隊の各艦が損傷しており、わが方の受信能力も低下しているのではあるまいか、と私はその兵曹に話しかけた。

この兵曹と話していると、彼の話術のせいか、私はつい雄弁になる。はいとか、そうですとか、的確にあいづちを打つ彼の話術に、私の頭脳の回転もよくなるようだ。

米護衛空母キトカン・ベイ。栗田艦隊の攻撃をうけてからすぐに、甲板上で反撃のための飛行機の発進準備をしている光景。

私の問いかけに、彼は話しつづける。

「陽動部隊の西村艦隊とは、レイテ湾口のスルアン島の東海面で合流する予定であったのが、わが主力部隊は米護衛空母群を深追いしたために、約束の海面からはかなりずれた位置にいる。ずれた距離は、東北の方角八十海里にもなっていて、この位置からレイテ湾口に向かうとしても、レイテ湾突入は午後になる、といいましがた聞いてきたところです」

距離八十海里を表現するほど、明確なものではなかった。しかし、米機群の攻撃にさらされつづけたため、かなりの位置のずれをまねいていることを、彼はいらだちながら告げた。

主力の栗田艦隊が、前日、前々日から孤立無援の状況にあるのを、兵曹は悲しんでいるのだ。私にもよく伝わってくる。

さらに、彼は声をおとした。

「敵信班でのことですが、敵の有力部隊が二時間で救援に来ると、傍受したといっていますが、それはおそらく敵の謀略電でしょう」

いつのまにか、通信科の私の同僚も加わっている。

「小沢機動部隊からの連絡電がないとしても、敵の機動部隊本隊は小沢部隊を攻撃して、ルソン島東海面のかなり北寄りの位置にいるのは、まちがいないだろう」

「栗田艦隊が、これからさらに南へ、米護衛空母群を深追いして行ったり、北上して北方の敵にもそなえていくようなことをして、レイテ湾突入という作戦目標を放棄したら、昨日の伝で、東京の連合艦隊司令部から矢の催促があるでしょう。東京では、昨日の米機群の多さ、早朝から終日にわたってつづいた波状攻撃の強力さなどは、まったくわかっていないのですから」

私は息をはずませてたずねた。

「北へ行くのか、艦隊は。レイテ湾に背を向けてか」

「たとえの話です」

兵曹は、飲み込みの悪い生徒をにらむ目付きになった。

やはり、北に敵影があるのだ。それを追う栗田艦隊の反転を、通信科の兵曹も、私の同僚も知っているのに、私にはあからさまに言うのをはばかっている。

気がつけば、こんどは北ロとかいう兵曹のほうが、席から姿を消している。部外者が立ちいった話を聞くには、おのずと限度があると心せねばならぬ。

北へ向かう。そのための集結命令が、すでに「大和」から発信されていて、各艦は米空母群への追撃を止め、反転して「大和」の周囲に集まりはじめていた。

私が先刻、死体のならぶ艦尾左舷通路の丸窓からかいま見た、スコールしぶく海面の各艦の姿が、それでうなずける。

今朝、重巡「筑摩」が傷ついたという知らせに、私は左舷高角砲の高みに昇っていった。あのおり、杞憂であってくれと願った思いは、報われなかった。

「筑摩」が傷ついて敵中に残ったことは、もはや疑うべくもない。

二十五日午前零時、夜陰のサンベルナルジノ海峡を抜け、太平洋に出た栗田艦隊は二十一隻で、米護衛空母群を追撃するうちに、重巡四が沈没、損傷して、駆逐艦四がそれに随伴した。結局、レイテ湾口の東方海上で「大和」周辺に集結したのは、その時刻では戦艦、重巡、駆逐艦など十五隻であった。

炎上する敵空母

飛行科の同僚が、私を壁際にさそう。このたびの戦闘がはじまると、彼はすっかり通信室のマニアになっている。

彼は、米空母群が平文で悲鳴をあげていると聞いて、ついさっき最上甲板に駆け上がった。

飛行科写真班の塩谷兵曹をつれて、水平線の向こうへ遁走する敵空母が、「大和」の一、二番主砲の斉射を受けて傾き、やがてくるりと転覆するようすを、ものかげから撮影させたという。

「きみ、『大和』はすごいよ。斉射する一、二番主砲の弾道が、空母に吸い寄せられていって、艦尾に命中するのが見えたよ。弾道って、見えるもんだね」

写真は現像できたら見せるが、商船改造の米護衛空母はやわなつくりで、「大和」の徹甲弾は炸裂せず、艦尾から艦首方向へ巨大な錐となってつらぬきとおったと、目をかがやかせる。

「命中したときだがね。うすく煙を横にたなびかせているだけで、あれでは当たっているのかどうか、わからん。おや？と思って見ていた。一、二番主砲の六弾の斉射だから、左右二発ずつ、四発の白い水柱は上がっているんだ。それならば、中央の二発の弾が命中しているんだなと、判断できたんだが」

「うっすらと黒煙が、空母から右にたちのぼっているのが、写真に写っておれば、左右二本ずつの水柱とで、君にも先ほどの情景がわかるよ、情景が」

私は同僚の得意げな話を、うつろに聞いていたのか、彼は語尾をダブラせ、私の顔色をうかがう。

私が今朝、起きぬけに第一艦橋をのぞきにいったおりに見た、背面の壁際に並んでいた「大和」幹部たちが、宇垣中将までも引き込んでいた話題は、いま飛行科の同僚が語った、敵空母を田楽刺しにしたことであったのかと、私は思いあたった。

艦橋のみなが囁き合い、うなずきかわす話の内容は、第一艦橋の廊下にいる私には聞きとれなかったが、椅子に腰を降ろす宇垣〝能面〟提督の表情が、めずらしく真後ろむきになってほころびたのは、よほどの朗報であることが私にもうかがえた。

栗田艦隊の追撃から、退却しようとする米護衛空母群――「大和」の放った徹甲弾は、炸裂せずに艦体を貫通してしまった。

つねづね、森下艦長や能村副長（砲術長）がもっともたよりにしているのが、主砲射手の村田大尉の目と人差し指だとは、艦内の噂であった。艦橋やぐらの最上階にある防空指揮所より、さらに二層上にある主砲射撃指揮所で、半円時計型の盤面に、目標を示す青針と主砲砲身の赤針とが動く。両針が交差し、合体する間合いを一瞬、先んじて見分ける大尉の目と、彼の手許にあるピストル型の引き金が連動して、瞬発的に引く人差し指のことであった。

　小柄で、田夫然とした大尉のあから顔は、好々爺の風貌であった。彼のいるところでは、山口県の方言らしく、だみ声で「……けいのう」と語尾が尻あがりになる快いひびきの会話が、よく聞かれた。敵を射る名人の目は、やや茶色のまさった目だが、いつもそこにたたえられている心優しい光、人をなごませる瞬きが、私にも吸い寄せられるような魅力があった。

　森下艦長の操艦、村田大尉の射撃と、すぐれたものを艦内にもつ「大和」を、宇垣中将はいかほどにいとおしんでいたことか。戦艦好きの提督らしく、彼の心のひだを見る思いを、私はリンガ泊地での日々にたびたび抱いた。

そのとき、飛行科同僚の語尾を消すように、艦内放送が響きわたった。めずらしく、能村副長じきじきの声である。

「敵空母が炎上沈没した。本艦はすぐ横を通過する。……から、手あきは最上甲板へ」

放送は一呼吸、間をおいて、つぎのように結んだ。

「ええ……、見学して差し支えない」

副長はマイクの表面を掌で押さえて、かたわらになにかを命じている。艦長の女房役はお忙しいかぎりだ。

通信室でも席を立つものが出て、私も上席の兵曹たちがいならぶ脇をこするようにして通り抜けた。電信機のコンセントから抜いたレシーバーを耳に付けたままの兵曹が、戸口にふたたび姿をあらわしていた。あとで、もうすこし教えてもらいたいと、彼の腕を服の上からにぎりしめて言ってから、私は艦橋の搭乗員待機室に向かった。

土浦、大井航空隊と一緒だった岩崎が乗る「筑摩」が、この時点で沈んだという報告は、まだ第七戦隊（司令官白石萬隆少将、重巡「熊野」「鈴谷」「利根」「筑摩」）から入電していないとのニュースを知らされ、私の心は弾みをとり戻していた。

そうとうに傷ついている「筑摩」と「鈴谷」の消息は、なにはともあれ知っておきたかった。一時間ほどの間に落伍したのは、これに第四戦隊の「鳥海」を加えて三隻となろう。

栗田中将麾下の第四戦隊は、一昨日、米潜の攻撃で「愛宕」「摩耶」が撃沈され、「高雄」が大破して落伍したのだから、「鳥海」が戦列から離れれば、壊滅状態になる。

兵曹とおなじく、飛行科の係をする顔見知りの若い兵と、連れ立つように通信室を出る。

私は上席の兵曹に教えられた、すべての米艦に命中弾を放っているという勇ましい話題をえらんで、彼に話しかけた。彼も「大和」の主砲弾が、艦橋頂上の主砲射撃指揮所の十五メートル測距儀によって、村田大尉の発射で初弾命中したそうですね、名人芸ですねという。

彼と並んで、艦橋ラッタルの高みへといそぐ。

飛行科の同僚の話といい、敵艦にあふれた海域で、敵の勢力もわからぬ五里霧中の戦闘に入ってしまった不安に、艦内はもうどこの配置もどっぷりとつかってしまっている感じだ。みなが頼りにするのは、四十六センチ主砲九門だけである。飛距離は長大であり、敵戦艦群と撃ち合っても、四十キロメートルの距離があれば、五キロメートルの間は「大和」の一・五トン砲弾の一方的な斉射を降りそそぐことができる。「大和」一隻で米戦艦七隻にあたると、副長は緒戦に豪語した。

航海科の見張員の話では、今日の主砲は対艦射撃だけでなく、敵艦載機の少数機編隊にも対空三式弾を撃ちあげ、弾子《だんし》が四散する弾幕で効率よくとらえて、撃墜しているという。

昨日一日の対空戦で、佐々木小次郎「つばめ返し」の秘剣を会得した村田名人の心うちは、弾幕の白く輝くひらめきに満ちていよう。

三連装前部六門の一斉射撃である。三式弾一発は八百メートルの火炎を吹き、弾体に内臓された鎖状弾子は千六百メートルにも拡散する。六発斉射の崩壊圏は膨大なものであろう。

艦橋の搭乗員待機室外側の階段踊場に立って、私は眼下の右舷の海面に米空母乗組員の漂流する姿が、ゆっくりと遠ざかっていくのを見ていた。第一艦橋外郭にある十五センチ双眼鏡配置の見張兵が、私のそばに来た。

彼は先刻、水上に艦尾だけを浮かべた米空母に、多数の乗組員がとりすがっているのを双眼鏡で見たと、私に話しかける。その直前に、空母甲板が傾くにつれて、いくつもの艦載機がパラパラと海面にすべり落ちるのが、玩具の飛行機のように見えた。

遠い緊迫した情景を、彼が生まれてはじめてレンズの視野に捉えたとき、まずそれが、どのようにさし迫った場面なのか、判断しにくかったとも言った。

それから彼は、つぎのように話した。

「平らな飛行甲板が傾いていって、海面に黒い長三角形となりました。やがて、小さな正三角形の艦尾だけがしばらく浮いておりましたが、その影のおちる付近の海面は鉛色に凪《な》ぎ、波のうねりに黒点が、ポッポッと浮き沈みするのです。その黒い点が、乗組員一人ひとりの頭なのだとわかるのに……」

彼が言葉をさがすようなので、私は言った。

「時間がかかった、か。すぐには、わからなかった」

「はい、そうであります。あんまりたくさんの数だったものですから、はじめはゴミかなにか、見当がつきませんでした」

なお彼は、自分ひとりが見ている、巨大な双眼鏡の丸い視野に映るのは、米艦乗組員の死の場面なのだとわかるのに、しばらく時間がかかったという意味のことを、ふたたび言い足した。彼がとまどいながら、いくども表現しなおすのに、私はじっと耳を傾けていた。

第六章　柩の部屋

艦長の叱声

「大和」艦橋に立つ私たちの横を、ゆっくりと遠ざかっていく沈没海面は、赤い染料に染まっている。浮かぶ人影は、双眼鏡で見たときとは思いもかけぬほど少なくなっていると、彼は言葉につまりながら話す。

私は言った。

「死んだのかな。傷を負って海につかっていると、ほどなく沈んじまうのかな」

「私がはじめて見たときから、ほんのわずかの間ですから……そう思いたくありません」

彼の語尾が強くなったが、私は気づかぬふりをした。海風が、耳に音高く響く。口もとに産毛の見える若い彼は、命のはかなさに怒りを覚えている。

彼自身にも、いつ迫るかわからぬ死の恐怖に、そのときはあらがわず、自分ひとりできっちりと決着をつけねばならぬと、彼は考えはじめたようだ。年若い彼は、私に意見を求めているわけではない。彼は自分の考えを、彼自身の力でとりまとめようとしている。

彼は息を詰め、遠ざかっていく赤い海面に、目をそそいでいる。彼を驚かせた意外に少なくなった黒い点を、もうこれ以上は見ておれぬ風であった。傷を負わぬ者や、強者だけが生き残れる海であった。

足もとのラッタルに並ぶ兵たちの間から、「大和」の機銃を海面にただよう人の群れに向かって発射する者がいて、艦長の叱責があったと声をとがらすのが聞こえた。

私も、人だかりがする艦橋背面の長いラッタルをのぼる途中で、マイクで叱る声を耳にしていた。

機銃の短い発射音が、甲板で息を詰めて海面を見守る静寂をやぶってわき上がり、私は思わず息を呑んだ。ふたたび銃声が響こうとしたとき、

「止めんかっ」

マイクに割れた大声は、艦長であった。

艦橋背面のラッタルに群れている人々の声高な会話が、私たちの耳に入ってくる。

「米艦載機は、少数機ずつの散発的な来襲なので、機銃は今朝から、昨日のシブヤン海ほどには射っていない。今日はむしろ、高角砲が水平射撃で米駆逐艦を狙っているし、副砲も右に左に撃ちつづけた。駆逐艦を轟沈させる戦果も上げているんじゃないか」

「主砲が遠い編隊機を狙っているんじゃ、機銃のヤツ、腕がむずむずしよって、つい海面を泳ぐ米兵を射ったんじゃ」

「射ったのは後部の機銃だ」

「いや、そんなに後部ではなかった。すぐ目の下の右舷中央部の銃座だ」

私が立つ飛行搭乗員待機室横の踊場からは、目の下にひろがる右舷中央部銃座には、二人

の同僚の配置がある。昨夜の対空戦闘開始の直前に、私に見せた二人のはにかむような笑顔がよみがえってくる。

このたびは、友田たちの機銃群の射手が引き金を引いてしまったのか。私は右舷中央にある十基ほどの三連装機銃の一つ一つを、丹念に見おろしてみた。銃座のあたりには、二十五ミリ機銃が宙をついて林立している。

周囲のおしゃべりが、急に静まる。煙突の高みにまで、高角砲、機銃座群が盛り上がっているところに、皆の視線がそそがれている。兵の死体が一体、順おくりに甲板へと降ろされていく。無言劇のように、機銃座員たちが動く。あたりの息を詰める気配が、こちらまで伝わる。沈黙がひろがる。

あの機銃座からにちがいない。波間にただよう人影に向かって、銃撃一斉射をおこなったのは……。

まだ柔らかな死体の姿が見えなくなると、あちらこちらで機銃弾の空薬莢を蹴落とす、甲高い金属音がにわかにわき上がってきた。

私は艦橋の回廊に足を踏み入れ、搭乗員待機室の扉の内側に、そっと身体をすべりこませた。部屋には土屋飛曹長が、長椅子の奥の方に腰を降ろしている。身体つきが、ひとまわり小柄になったようだ。

森下信衛少将。操艦技量をいかんなく発揮、危機を回避した。

まるで、死の時刻《とき》を待つといった孤独な気配があるのに、私は胸を打たれた。彼のこのような姿を見るのは、はじめてだ。

二番機の射出後、飛行科整備員には三番機発進準備の気配がなかった。おりから敵機接近の警報が出て、飛行甲板から整備兵が散ったせいもあるが、結局、敵機はあらわれなかった。その後に私が訪れた整備班の雰囲気でも、おそらく三番機の準備は手つかずのようだ。

ともあれ、栗田艦隊は米機動部隊追撃の南針路から反転して「大和」周辺に集結し、西方のレイテ湾に向けて進撃をはじめる。そのときには、飛行科にも湾内偵察の正念場が来るにちがいない。

そのことを飛曹長と私は、互いに口に出すのを控えて、長椅子の中央あたりで頭を付き合わせて横になり、天井を黙って見つめている。二人とも偵察配置であり、どちらが出されるかはわからない。操縦は楠本上飛曹となろう。

土屋飛曹長は、大井航空隊で教え子だった私より、先に出るのが当然だと思い込んでいるようすだ。この部屋に入って、彼のひっそりとした姿を見掛けたとき、そうとわかった。

いずれにせよ、どちらになるかを決定するのは、飛行長の胸三寸にある。

私は須古上飛曹から以前に聞いた、土屋飛曹長の受信失敗のことは胸に秘めて、感づかれないようにしている。厳重な電波封鎖をして艦隊警戒航行訓練のときだったらしい。

艦隊列の左右外側を哨戒飛行する土屋、須古の両機に、「大和」が短符を一瞬にして打電してきた。その連絡電を、飛曹長は受信できなかった。指示どおり、須古機はただちに帰還したのに、土屋機は時刻が過ぎても姿をあらわさず、夜になって泊地に帰りついた各艦は、探照灯を夜空にむけて放射して、艦隊の所在を土屋機に知らせねばならなかった。

土屋機はほどなく帰還したが、

「それからですよ。飛曹長は自機の受信機に、訓練のない日にも黙々と向かっているでしょう」

須古上飛曹はそう言った。そういえば、飛曹長がよく甲板上の零観の受信機に、長時間向かっている姿を見かけたが、それがこのような失策後のことであったとは、それまで私は知らなかった。

各艦が探照灯を夜空に放射しつづけるような重大な事件は、私の赴任する以前の出来事だった。飛曹長の心の重荷は、いまレイテ湾を望んで、ひときわ強かろう。

職業軍人にとって、勤務成績にかかわる過ちは、深刻なものがある。私のような極楽トンボの予備士官には、はかりきれないものだと思わねばなるまい。

いつか飛曹長が、多くの同僚たちが、ふとした飛行上の失敗で、つぎつぎと姿を消したと語ったことがある。優秀な飛行機乗りが、中国戦線であっけなく消えていったものだと、この作戦のスタートで、リンガ泊地を出てボルネオのブルネイ湾に向かう艦上で、私にしみじみと何度もくり返しいった。

受信失敗がきっかけとなり、彼はこの作戦で、身の危険を感じるようになっているようだ。

私はといえば、飛行長操縦の航法飛行訓練のおりに、三角コースのおわり近く、帰投針路の真正面に「大和」の姿を認めながら、距離があるために到達時刻をすこし遅らせた茶目っ気を、飛行長に見抜かれている。

「うん、三角コースにはなかなか、よく乗っていたよ。でも到達が、すこし遅れたがナ」

あのとき、今泉分隊長に訓練報告をする私の航法板を横合いからのぞき込んで、到達時刻を一、二分遅らせよったと皮肉る含み笑いを、伊藤飛行長はした。そのことを、いまも彼は忘れずにいるかも知れない。

あやつなら、案外、敵さんの目をごまかして、なんとか生きて帰って来るんじゃないかと、私を三番機の乗り手にえらぶかも知れない。

分厚い鉄板でできている待機室の天井は、見詰めていてもなんの変哲もない。染みもなく、白一色の壁面であった。触ってみたわけではないが、低い天井はいかつく頑丈で、妙に威圧感が感じられる。

土屋と私とは、練習航空隊では教官、予備学生という師弟関係にあった。いまは、日米両国による南太平洋の緊迫した戦場に、二人そろって放り込まれている。われわれ平凡な人間には、このピンと張り詰めた緊張感に、どう取り付いてよいのかわからない。

上海事変以来の古い飛行機乗りである飛曹長にとっても、カナダ南部メソジスト派のキリスト教系大学に学んだ私も、はかりがたい敗北の深い淵に臨み、あまりにも大きい戦闘力の開きに、ともすると茫然としている。

組織的空襲はじまる

円筒型の艦橋中央軸に、鳥の巣そっくりにへばりつく弓形の部屋で、ふたりの当惑して黙りこむ気配が凍てつき、白い部屋に靄が充満してくる。

ふたたび、機銃がいっせいに射ちはじめた。艦橋周辺が、後方に向かって斉射している。二日間の対空戦闘の慣れで、察しがつく。人間というものは、どんな環境にも慣れてくるものだ。

米機群の大挙上空飛来か。米機のひとつひとつには、アメリカ映画で見かけた個性ゆたかな、自由奔放で、案外と倫理的で、ワルで、いじらしい奴らが搭乗しているにちがいない。彼らの目に、いまははっきりと映っていて、肩をすぼめてあきれていよう。これだけの悲惨な敗北だ。圧倒的な襲撃の連続で、「大和」乗組員の心には、生涯ぬぐいきれぬ殺戮の痕跡が残るにちがいない。

四方八方から、組織的な空襲がはじまった。爆音と至近弾の炸裂音、間断のない機銃音がけたたましい。二十五ミリ機銃群の重たい連続音に、艦橋両舷側にある四連装十三ミリ機銃の豆を炒るような早い発射音がまじる。十三ミリの軽快な、スピード感のある機銃音が、なにかやけくそめいて滑稽味がある。

文字どおり豆を炒る連続音は、しゃにむで、しっかりと守られている安堵感からか、思わず私の笑いをさそう。

艦橋の左右に位置する十三ミリ機銃座と待機室との間は、左右に三十メートルほど離れており、パラパラと際限なくつづく発射音は、息つぎもしない。艦橋へストレートに肉薄する米機をねらっているのだろう。

長椅子に横になっていると、左回頭し、右回頭する艦の転舵がよくわかる。ことに足を向けている右舷が左回頭で上がるときは明瞭だ。艦攻の雷撃ばかりでなく、艦爆による急降下の爆弾投下にたいしても、小刻みに激しく回頭する。キメ細かな森下艦長の操艦だが、彼は左回頭を得意とするようだ。そちらへの回数が多い。

私がいる階層から三層上にあるベランダの防空指揮所では、中央の胸の高さにある羅針儀の、太い支柱にもうけられた鉄パイプの椅子から艦長は立ち上がり、のばした手に割箸をかざして、米機の降下姿勢を捉える。

二百五十キロ爆弾が、機体を離れる。

「ようし、赤々（左回頭）」

私は見ていないが、誰がいうともなく、艦長のしぐさは神話になっている。「大和」を支えてきた名操艦への畏敬が込められている。

いま弓形の待機室は、レイテ湾口沖の空中をゆらゆらと進んでいく。内部が白一色に塗られているので、まったくの柩だ。シブヤン海で激闘があった昨日の午後、至近弾の円盤ほどの破片が、待機室のどてっ腹の艦橋外壁をつらぬいて、無人の室内を暴れまくった。内部の壁面には、硬貨のはがねが削り取った傷あとが、あちこちについている。

あのときから、この部屋は生きものの身体を砕いて納める柩となったのだ。

私と土屋がこの部屋で人知れず死に襲われても不思議ではない。現に私たち二人は、ここは柩の部屋だと思う心を口には出さず、互いの視線が合うのを避けている。

目を閉じ、黙り込んで、長椅子の上であおむけに身体をのばしていると、敵機がたてつづけに襲来する空域を、部屋だけがゆらゆら揺れて進んでいくのがわかる。

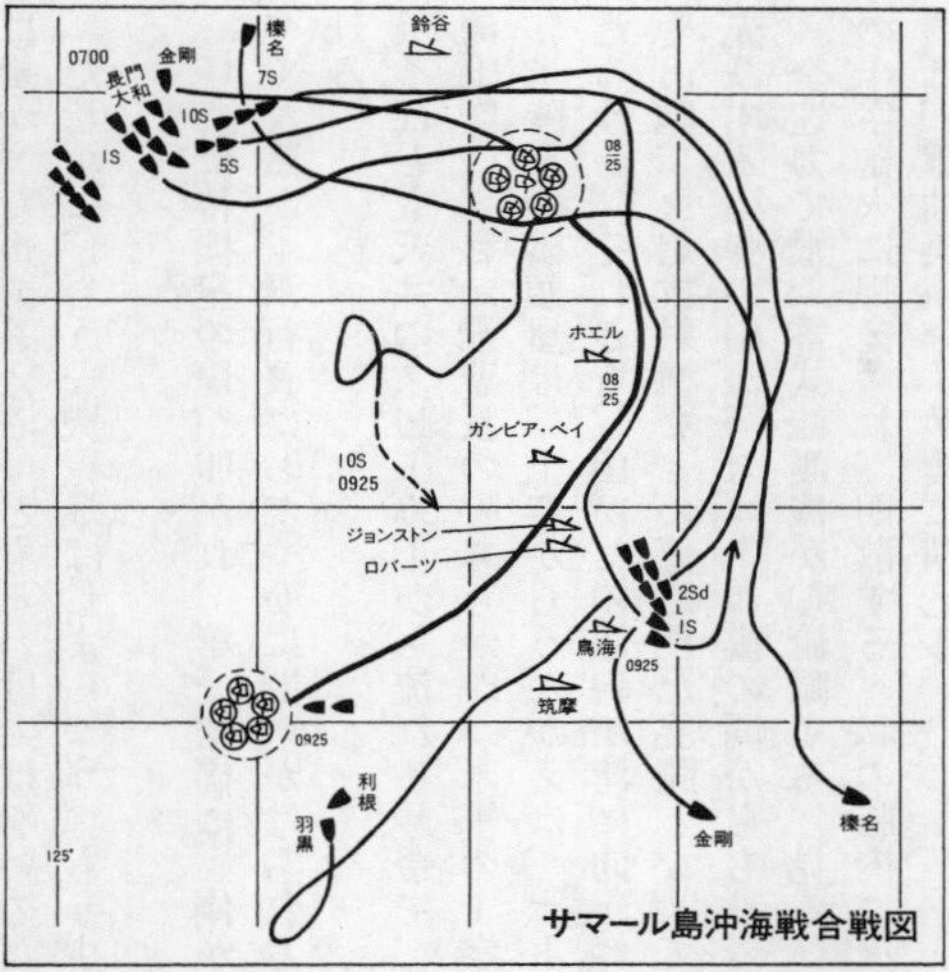

サマール島沖海戦合戦図

空中に炸裂する爆破エネルギーを縫って、いかにもたよりなげな砦《とりで》が行く。いつ、猛々しいくちばしの一撃でささくれ立ち、あたり一面に風が吹き抜ける荒涼に犯されることになるやも知れぬ。

たとえ一機、二機と散発的に飛来する敵機であっても、巨艦の銃弾、砲弾のふき上げる弾道に、あわてて放った二百五十キロ爆弾が放物線を描いて、「大和」の艦橋にある搭乗員待機室に斜めに突き刺さる。一閃の白光を放って、白い柩、鳥の巣の部屋は私たち二人と長椅子、木琴ともども霧散してしまう。あとは、もうもうと白煙を噴き上げる洞穴となりはてる。

半階上層にある第一艦橋では、飛行長がしゃべりまくっているかもしれない。先ほどから、艦隊参謀が口をとがらせている。

「レイテ湾内の事情が、まったくわからん。輸送船の姿が見えない、だけではな」

小柄の飛行長がくぐもった、すこし鼻

に掛かった声で答える。どもるわけではないのだが、せき込んでいる。

「たしかに、もう一機、飛ばしましょう。もう少し、くわしく打電するのだ、と言いましょう」

いまに待機室の扉が叩かれ、第一艦橋に、俺か、飛曹長かが呼び入られる。どうだ、行ってくれるか。飛行長におだやかに問いかけられる。私たちの顔に、参謀たちの視線がそそがれる。

それとも天井のスピーカーから流れる号令で、この部屋から駆け出し、白煙流れるレイテ湾上空に、私か飛曹長のどちらかが、米軍の十字砲火にさらされる。

米陸軍の橋頭堡は、上空からうかがえば、ポトリとした水滴ほどのベトンの白に見えるのだろうか。それとも、山ひだの傾斜が湾に向かって落ち込むあたりに、ごたごたとトラックや山砲、火焔放射機などの薄汚れた展開となっているのか。野積みのおびただしい物資、黒光りする砲弾の山が、スコール雲の間からもれる日ざしに浮きあがる。

全速力で飛ぶ零式観測機から俯瞰する。見るいとまも許されず、鈍足の複葉水上機は米軍の十字砲火に捉えられ、四散する。私の脳内に火花がとび散り、旧式単フロートの弾着観測機は、重油臭いレイテ湾に消える。

いま二人は、終わりに向かって、ゆるゆると息苦しい時間を進んでいる。私は勢いよく寝返りを打つ。背中にあたる長椅子のなめし革が、きゅっと鳴る。

その間にも、私たちの寝ころがっている鳥の巣は、敵機が襲来する空域を進んでいく。

はじめ私には、前のめりしていくと見えていた。碧い海面を、急ぎいくと思えていた。米機をすみやかにかわすためには、艦首の左右の振りが必須になろう。

艦首にこそ集約されると気づいたのは、昨日、シブヤン海の午後になってのことであった。小刻みの、うっかり見すごす顫《ふる》えだった。

たしかに森下操艦の特色は、空襲下にはひんぱんに之字運動をくり返す。ときに艦首を小刻みに左右に振るう程度にとどまるとき、舳先を見まもっていると、そこに力がこもり、あたかも、痙攣を起こしているかに見える。それほどに思いをこらし、満を持する。

敵機が前後左右から爆撃、雷撃を仕掛けて来るのをかわさんと、絶妙のタイミングを息を詰めて見はからう。艦長の切迫の気合いが、こちらにも伝わってくる。

「青々」

「赤々」

艦長から操舵へ下令があって、即座に右へ右へ、左へ左へと切れ込み、急速旋回していく。舵が利きだせば、巨艦の旋回スピードは速い。

緊張の第一艦橋

搭乗員待機室でいくら息を潜めていたところで、飛行機発進の動きがあるのかどうか、さっぱりわからない。室を出て途中、高角砲座で立ち話をしてから艦尾に行った。

見たところ、飛行整備の連中は、あいかわらずののんびりムードで動きがない。それをこの目でたしかめてから、私は帰路に第一艦橋をのぞいてみた。

レイテ湾に米軍が上陸して五日もすぎた今日になって、栗田艦隊が湾に接近するのは、あるいは激突を避ける趣旨がふくまれているのだろうか。最近の米軍の攻撃機、戦闘機の技量のいちじるしい向上に、艦隊の要人は怖れを隠さない。

作戦援護の日本偵察機が、「大和」周辺を飛ぶ姿を、この時点までに見たとか、見なかったとかの噂が囁かれる程度だから、心細いかぎりである。

例によって私は、搭乗員待機室前の回廊から半階上がって前方に近づき、第一艦橋右舷の扉の外にたたずむ。入口のすぐそばで、二人の参謀が艦橋背面の壁にしつらえられた小机を倒して、その上に地図をひろげているのが目に入る。ひとりは顔見知りで、たしかに第一戦隊参謀のようだ。広い図面を、相手が手に持ちながら、

「君はそう言うがね、飛行機はあるのか」

「二機あれば充分だ」

「その程度でよいのか」

「ここと」

若い方が指さす地点を、片方がのぞき込む。

「ここだ。偵察させよう」

あとの「ここは」、小机から広げている地図の中間あたりであった。手許にひろげた地図をのぞき込んでいる方が疑わしげに首を傾げるのが、背中の表情で伝わってくる。

この作戦では、偵察機も観測機も、単機で飛び出している。かつての弾着観測の運用構想には、艦隊遭遇戦で主砲弾が撃ち合うとき、戦闘機六機が観測機を掩護する仕組みであった。

とてものこと、いまその贅沢は許されない。

私は第一艦橋中央にいる森下艦長を見た。短軀で、胸にとまる双眼鏡が大きく見える。前面の海面を見わたし、ちらりちらりと針路上空に目を走らせるかと思うと、さわがしい周囲を、憮然とした乾いた表情でふり返る。

このとき、めずらしく艦長が防空指揮所から第一艦橋に降りてきたのは、なぜか。よほど重要な意見聴取が、宇垣、栗田の司令官クラスからあったのか、それともつねに第一艦橋にある航海長と、操艦枢要の連係打ち合わせのためだったのか。

戦闘行動中は、かたときも防空指揮所中央の所定ポジションから離れないはずである。艦橋内の雰囲気では、レイテ湾突入はまだ審議中だ。どうぞごゆっくり、という気分に私はなった。

私は第一艦橋右舷側の外郭へ、数歩で歩み入った。そこにいた若い兵と立ち話をするうちに、艦長の操艦にかんする疑問を解くことができた。

釈然とすることができたのは、「大和」は各部署ごとのつみかさなりで、スケールの大きい仕組みになっていることだ。

私の問いかけを聞きおえると、彼は海上の遠くに目を移し、小声で、早口に答えた。

「後部測的所（予備指揮所）の十メートル測距儀のうらには、艦尾方向専門の見張員がおります。私の分隊士の特務少尉が掌握しておられます。目の前に降下してくる敵機の動きは、艦橋の防空指揮所にもれなく連絡する建て前でありまして、どのような詳細も、艦長サイドまで達しております」

　さらに彼は、こうも言った。

「魚雷攻撃が後方から来ることは、ごくまれでありましょう。しかし、急降下爆撃、これはしょっちゅうだと思います。前部測的所には、私の分隊の伝令配置がいて、後部測的所と一、二、三番主砲で、つごう四人の伝令たちが電話で接触しております。伝令同士では左の耳を使い、右の耳で測的長（分隊長・大尉）の指示を受ける。指示を受ければ、測的所の伝令は逆の方向へと伝達を果たします、右の耳で。そこへ、左の耳へ艦尾に敵艦爆機降下が報じられてくる。それはもう、きりきり舞いのたいへんな忙しさなのだそうでありまして」

なんのことはない。私の配置の飛行甲板から見上げてすぐの目の前に、第三主砲塔、副砲塔、つづいて十メートル測距儀が高々とそびえている。敵機が艦尾甲板、飛行甲板上に降下してきて爆弾を放つ詳細を、後部測的所が把握していたわけだ。

あたかもロボットが両手をひろげて立つのに似て、両腕が十メートルの測距儀で、両掌は巨大眼鏡になっている。また、鼻に一つ、胸に二つの窓をあけて、後方を監視する。鉄兜をかぶった頭頂は、飛行甲板から十七メートルの高さにある。

　艦橋頂上の十五メートル測距儀にくらべ、十メートル測距儀のスケールは、半分にも満たぬとのことであるが、いまも弾雨の中に、毅然として立ち尽くしている。

　岩田少尉の言った急降下、緩降下爆撃の爆弾が機体をはなれ、黒いつぶてとなって自分に向かって来る不気味さを、そこの後部測的所員も同様に、同時に実感していたのだ。

　それればかりではない。彼の言葉によると、艦橋頂上の測的所と後部測的所との間には、きわめて専門的な分野で煩瑣《はんさ》、緻密な連携が常時とられていた。

戦闘の渦中で、私の思考力はうすらいだ状態にあったと思える。日常、見なれているはずの、目の前にそびえる後部測的所を思い当たらないとは、とても正常な思いめぐらしとはいえない。

レイテ湾突入の緊迫に呆然自失して、私は艦長の操艦を支える肝心なポイントにさえ、気づかないでいた。

ふだん、私は十メートル測距儀が、後部の三番主砲三門と副砲弾三門の測的のためだけのものと、かたくなに思い込んでいたからだ。

一昨日から敵に攻撃されつづけで、わが艦隊の隻数も二分の一の十五隻に減じてしまった。それなのに、いっそう深く敵中にのめり込んでいく。レイテ湾口を望む東海面に達して、わが方の出血はただならぬものがある。

明け方の会敵に気負い立ち、敵機群の攻撃力も二流かと自信にあふれたものの、際限なくくり出してくる空襲には、意外と戦果を上げられている。

「筑摩」をはじめ、重巡クラスの消滅ははなはだしい。

これからも、どれほどの出血に見舞われるのだろうか。

艦の沈没、損傷と、戦死者とが加速度的に多くなっているのに気づいたとき、私は昨日、早朝からこの時点まで、「大和」の安全を確保する森下艦長の操艦を支える見張りとの連係は、どのような仕組みになっているのか、承知しておきたいと思いついたが、いまはそのような思量にも疲れ果ててしまった。

とどのつまり「大和」が強力な敵と、いつ刺しちがえるのかと、心待ちにしている自分があった。

いっそ思い切りよく、私自身が敗勢の流れの中に踏み込んでしまえ、という気持におちいっている。

「大和」が、この先、大丈夫かどうかを案ずるより、最後のところで破砕を、この身にも、まわりの鋼鉄にも加えられて、「大和」のしたたかさ、もろさを、じかに体験したいと願ってしまう。

初陣の私なのに、このような日米戦闘力の総決算ともいえる作戦の渦中に投げ込まれ、最前線のおびただしい死に向かいあわされると、大きな破壊のエネルギーにまき込まれて、目くるめくうちに意識を失いたいと思い詰めてしまう。

レイテ湾口を目前に

正午近く、レイテ湾突入の時刻が切迫しているとの思いが、内部の奥深いところから私を揺さぶりつづけている。当初に予定していた早朝には間に合わないが、遅れても午前十一時には敵軍上陸のレイテ湾内に突入することになろうと、通信室で時刻を具体的に耳にしたのは、昨二十四日遅くにシブヤン海で傷ついた「武蔵」の横を再反転して、サンベルナルジノ海峡に向かいはじめたころだった。

今朝方、レイテ湾東方海面で護衛空母群を追撃している間にも、午前十一時には、湾内の敵と一戦交じえる予定にかわりないはずと聞いた。ならば、いまはレイテ湾に向かって西進しているのかと、心が昂ってくる。

狭い湾内での戦闘は、海洋での戦闘と、どう局面がかわるのか。敵陸軍主力は沿岸部からサマール島深く北上して、姿はないにちがいない。敵輸送船、艦艇も、さして湾内に姿はないという。湾奥の西方に退避して、わが方がレイテ湾内に侵入すれば、さらに奥につづく海峡へと、わが方を誘いこむ作戦を採るにちがいない。

わが艦隊が海峡へ、さらに狭い水道へと侵入して行き、敵機の爆撃、雷撃を受ければ、十五隻に減った艦隊はあえなく傷つき、進退きわまる状況におちいるのは明らかだ。

狭いレイテ湾内なり、湾奥の海峡でも、森下操艦の真骨頂が、いかほどに発揮できるか。彼の神通力は、どこまで融通自在で有り得るのか。

台湾からルソン島東海面に向けて南下してきた、小沢治三郎中将率いるわが機動部隊の空母四、航空戦艦二、航空巡洋艦二、軽巡など二十一隻の陽動に、米機動部隊の主力は栗田艦隊がいるレイテ湾東海面から、昨日は存分に雷撃機、艦爆機、戦闘機をくり出してきて、わが小沢部隊やシブヤン海をすすむ栗田艦隊を痛撃した。朝から午後にかけて、八時間をこえる波状攻撃を仕掛けて、「武蔵」をはじめ、虎の子の空母群など多くの艦を撃沈し、損傷をあたえた。米主力艦隊は、今日二十五日には北上して、主としてルソン島中

小沢治三郎中将。米機動部隊を北方へ誘致すべく囮となった。

央の東海面に布陣して、なおあなどりがたい余力を保っている。

二十五日の戦機は熟した、という気配を、私はしきりに感じられてならない。早朝に、米護衛空母群の追撃戦などに、充分にわが方の精力を使わせておいて、午後に向かい、敵機群は大挙してわが艦隊の壊滅をねらって襲い来たるのではないか。昨日のシブヤン海で「武蔵」などを撃沈した精鋭部隊が、北方から長駆してくるにちがいない。

そのとき、レイテ湾奥深くにわが艦隊が入り込んでいたのでは、彼らにとってはうってつけの戦闘場面となろう。日本艦隊殲滅ともなれば、歴史に残る顕著な戦歴を共演する破目になる。

わが栗田艦隊は、いまレイテ湾口からすぐの東海面にいて、湾内突入をめざすときとなった。まさに正念場を迎えた。五日も以前に上陸している米陸軍が、レイテ湾内に残す空っぽの輸送船や、橋頭堡、兵站部を維持している程度の艦艇群よりも、北方のルソン島東方海面を遊弋する米機動部隊のほうが気掛かりである。

栗田艦隊の用心ぶかい艦隊参謀たちが、レイテ湾奥や海峡などに、みすみす誘い込まれていき、東京の連合艦隊司令部のいうとおり「天佑ヲ確信」した突進ぶりを発揮するとは、とうてい思えない。

この作戦の開始直前に、私は通信科の同僚から、敵の機動部隊は何群いるかわからぬほどだ、彼らの交信を傍受して、各群の分布の広さがわかる、という意味のことを耳打ちされた。それほどの敵主力が背後にいるとなれば、艦隊参謀たちの気掛かりとなってきている気配を、私は第一艦橋をのぞいたおりにも感じとった。

それに、敵はわが方の所在、行動はもとより、戦闘力の損耗の詳細まで、ことごとくに知り尽くしている。わが方では、敵艦群の所在、勢力さえ、まったくといってよいほどわかっていない。

連合艦隊司令部は戦場の機微がわからぬのか、「全軍突撃セヨ」とけしかけるばかりだ。全滅してしまえ、と言っているようだ。敵に出血をあたえれば、第二艦隊は潰え去ってもよい、という意味か。

この作戦は、史上最大の海戦だと、ガンルームのわれわれは承知している。わが方は今次作戦に所有艦のすべてを傾けた。

主力の栗田艦隊三十二隻、うち陽動部隊の西村艦隊が七隻、内地から志摩艦隊十隻、それに機動部隊の小沢艦隊の空母四をふくむ戦艦など二十一隻が参加している。潜水艦部隊の第六艦隊も十三隻の潜水艦を、レイテ湾東方海面とルソン島東方海面とに分散配置していると聞いた。

志摩清英中将。第５艦隊「那智」に座乗、スリガオ海峡に突入。

作戦海域はフィリピン全域におよぶ。対抗する敵艦隊集団は、有力な艦載機群を擁して、われに倍する勢力となっている。

このレイテ湾東方海面でも、前面の遁走する護衛空母部隊の向こうに、いくつかの機動部隊が控えている感じである。つぎつぎと飛来する攻撃機の数で、それがわかる。まして、ルソン島の東方海面を北上して、小沢機動部隊に対抗する数群の米機動部隊本隊の強力さは、昨日のシブヤン海で拝見ずみだ。

この段階でわが方には、敵情がまったくわからない。このいらだちには耐えがたいものがある。第一艦橋の騒々しさも、そのせいだ。目前のレイテ湾内でさえ、つまびらかでない。これでは、艦内でよく噂となる、前作戦のマリアナ沖海戦の二の舞を演じることになる。

マリアナ沖海戦では、どこからともなく敵艦載機群が飛来して、日本の機動部隊は波状攻撃を受けた。結局、わが方では最後まで敵機動部隊の位置がつかめず、一方的に叩かれて、空母「大鳳」「翔鶴」「飛鷹」が沈没し、四隻の空母に損傷を受け、空母機四百機近くを失った。ベテラン搭乗員のほとんどを失う惨敗を喫している。

このたびのレイテ沖海戦では、戦艦など六十六隻からなる栗田、西村、志摩艦隊にくわえて、小沢艦隊の空母四隻の崩壊となるのであろうか。

敵艦載機群の豊富さは、うらやましいかぎりだ。空母群の所在もわからぬ遠くから飛来して、思いのままに攻撃して姿を消す。空襲ごとに、わが方は一艦、一艦と損傷している。

これでは戦場の全貌が五里霧中のまま、わけもわからぬうちに作戦が終わる公算が大きい。レイテ沖海戦などというのも気恥ずかしい。まったくの防空戦ではないか。

ルソン島からの偵察機の敵情探索は、どうしてないのだろうか。第二艦隊主力部隊からの艦載機による偵察は、昨日のシブヤン海でも、重巡のそれがたちまち撃沈されてしまった。

高角砲座の連中が、その情況を生々しく語ってくれた。

「大和」艦内のすみずみまでが、いまは敵情を知りたいという思いにみちている。

参謀長、敵はむこうだぜ

午前十一時過ぎて、「大和」はレイテ湾に向けて走っていた。米護衛空母群を深追いした戦艦、重巡群の集結を急がせ、作戦目標のレイテ湾内をめざして、西へ針路をとっていた。

ところが、十一時半には北方へ転じ、敵主力の機動部隊を追求して、これにそなえるコースに転じている。以降、正午には、いよいよ北上コースに定めて、サマール島東岸に平行して進撃する。

ただ当時には、そのようなことを私は知る由もなく、いま思い返してみて、そのとき私は心のおもむくまま、ひとりもの思いに過ごしていた。

昼のガンルームで聞いた話によると、十一時五十分に、艦橋頂上の防空指揮所よりさらに五メートル近く高くなっている主砲射撃指揮所では、主砲射手の村田大尉が、「大和」左舷真横の九十度方向に米主力艦のマスト（ペンシルバニア型）一ほか数隻が、サマール島を背景にして北上中であるのを発見、射程距離にあるとして射撃許可をうかがったが、第一艦橋からは射撃開始の指示は、ついになかったという。

「海面にもやがかかっていてね、第一艦橋や防空指揮所あたりからは、見えにくかったようだ」

「宇垣司令官がたずねられたらしいんだがね、西村艦隊がレイテ湾突入後に、東進してスルアン灯台の会合予定地点へ出てきたのではないかとね」

それはないだろうとか、そうではないだろうとか、それまで深くうなずきながら聞きいっていた相手が、強く否定した。

「そう、艦隊参謀のひとりも、即座に打ち消したそうだ。そうじゃあないんだとね」

私は横に座っている二人の囁きが、片方の耳から避けようもなく流れ込んでくる間、第一艦隊司令部への若い職業軍人同士の追従《ついしょう》を、ひしひしと感じていた。

これには、容易にならぬ媚《こび》がひそめられている。これほどのすり寄りは、自分にはできそうにない。プロの厳しさなのか。

私が午前中に、第一艦橋をのぞいたときに感じたものの実態を、なまなましく見せつけられる思いであった。

主砲射撃指揮所の十五メートル測距儀による確認に、第一艦橋や防空指揮所の十二センチ双眼鏡はおよぶべくもない。まして、主砲射手の村田名人の眼力である。当代一流の視覚を疑うのか、わかりきったことを、なぜことさらに若い者が反芻するのかと、私はもの憂くなってきた。

そのことと、今日の昼前になっても、西村艦隊の今朝暁暗の惨敗を伝える戦艦「山城」飛行長の戦場からの連絡電を、充分には認識していないのも奇妙であった。彼へ戦況が詳しく伝えられていない事情がにおう。それとも、死の湾内突入へと、いま提督は、思いをその一点にこらしているからであろうか。

それにしても、艦隊参謀が即座に打ち消すほどに、西村艦隊は惨敗しているのか。

「扶桑」「山城」の戦艦ばかりでなく、七隻のほとんどが沈没しているのか。重巡「最上」

単縦陣で行動する米第77.2任務部隊の艦艇群。先頭より戦艦ペンシルバニア、メリーランド、その後方は重巡が続いている。

に乗艦するいとこの夫は、どうなっているのか。

のちに私が、石田主計長から聞いた話によると、午前十一時過ぎに第一艦橋をのぞいた折りには、目の前の艦橋戸口で二人の参謀が口角泡をとばして討論していて、艦橋内も騒々しかったのに、その後まもなく、栗田、宇垣、小柳参謀長、津田航海長、石田主計長の五人になって、参謀の姿があらかた第一艦橋から消えている。

石田少佐はそのとき、

「その場には、私しかいなかったのだから」

と力をこめて語ったのを、私は記憶している。

「大和」側幹部や第一戦隊参謀のほか、彼がときに私に向かって、

「慎重すぎる参謀たちか？……」

と、疑問形で問いかけることのあった艦隊参謀の姿も、あらかた、その場には見えなかったという意味にとれる。

時刻は午前十一時半ごろであろう。折りもおり、ここで西進をやめて、北に針路を採る合議が、艦隊司令部ではできあがったとみえる。

気配を察して、第一艦橋では宇垣司令官がくるり

と小柳参謀長をふり向いて、太い指で南のレイテ湾の方向を指さしながら、

「参謀長、敵は向こうだぜ」

と声を荒げた。しかし、艦橋内は粛として声がなかった。

石田少佐は証言する。

死の湾内突入を心待ちしていた宇垣司令官の失望が、ことのほか匂う話だと私は思った。

それと、彼の身辺にただよう孤独もわかる。

すでに「武蔵」なく、「長門」は傷が深い。残るは「大和」だけで、実質、第一戦隊は有名無実に近かった。

その午前十一時三十分以降、「大和」らは一路北上コースをとった。それから二十分も経たないうちに、「大和」の主砲射撃指揮所から、敵戦艦など数隻の発見が、足下の第一艦橋に報じられてきた。

だが、栗田艦隊は米戦艦に砲弾を浴びせることもなく、敵主力の空母群を求めて、一路、北上針路をひた走っている。これが、午前十一時後半の「大和」の航跡である。

レイテ湾口をめざした西進から、十一時三十分ごろに北へ変針し、以後は、しゃにむに北上して、レイテ湾口から急速に遠ざかっていった。

「そのときの第一艦橋内は、誰ものいわずでね、しんとしていたね」

と石田少佐は証言する。

海兵三十八期の栗田中将は、四十期の宇垣中将より二期先輩になるが、その十一時三十分には、第二艦隊参謀長の小柳少将をかばって、

「ああ、北へいくよ」

と宇垣につっかかりはしなかった。巷間、伝えられる雰囲気ではなかった。反目し合うのではなく、沈黙に領された艦橋であったということは、今次作戦の最大の眼目である、米軍上陸のレイテ湾に突入しない責めを、第二艦隊司令部として一身に負おうとする、息を詰めた、腹をすえた思いきりが、第一艦橋を領していたと、その場に居合わせた石田少佐も理解していた。そのように、私には思えてならない。

戦後、石田少佐はたびたび私に言ったものである。

「もしレイテ湾に入ったら、君も僕も命がなかったろうね」

宇垣が第二艦隊長官でなくてよかった、という意味のことであった。

少佐は宇垣のそばちかく、森下艦長などとともに仕えた者として、この気鋭の提督の人柄には好意を寄せ、なかなかユーモラスな好人物であったと心から思っていた。しかし、戦後を生き得た彼自身の思いから、レイテ湾突入にはかくべつの感懐を抱くようであった。

「大和」を十一月末に呉軍港でおり、第五航空艦隊長官に転じた宇垣は、八月十五日の敗戦の日の午後、沖縄の島に突入して自爆している。彗星艦爆六機、十二人の搭乗員をともなっていた。

歴史的なレイテ湾反転の瞬間の証言者になった石田少佐は、昭和五十三年、阪神の御影で行なわれた栗田の葬儀に弔辞を読んでいる。

通夜の混雑を、戸外に駐車した自動車の中に避け、外灯の光をたよりに弔辞をしたためたと、私は彼からいくども聞いた。

——一番なつかしい敬称「長官」という言葉を使うことをお許しください。

——二十四日、シブヤン海の反転は敵をあざむくため、二十五日、レイテ沖の反転は敵を求めての反転であり、長官の自信ある用兵、決断による作戦行動であったことは、かの激しい戦場にあった者のみ知るところでありましょう。

——サイレントネイビーの権化ともいうべき長官は、生涯ついにこれに関し、一言の弁明、弁解もされなかったことは知る人ぞ知るであり、長官ご自信の行動であったと、いちだんと敬慕の念を深くするものであります。

四十年も後輩になる海兵七十八期のO氏には、栗田の柩内を最後に拝した記録がある。栗田は「大和」で呉軍港に十一月末に帰投し、海軍兵学校長に転じている。O氏は、その最後の海兵入学者であろう。

——菊の香のむせかえるような花びらの中に見た校長の顔は、かたく唇を閉じ、心もち顎を上むけ、傲岸なまでに海軍と世間を見すえてこられた、ありし日の闘志があふれていた。

第七章　灰色の噴煙

「動揺して突入を止め」

敵艦載機の空襲がつづいていた。先刻から五十機以上で三波の攻撃があったと、後部の砲座員たちから聞いた。私が見たのは午後のものであったか、七十機スケールの来襲であった。南に遁走した米空母群では、午前中に見たとおり、散発的な攻撃しか仕掛ける力はないはずだ。今朝方の遭遇戦で、平電文で本隊に救援を求めていた効果が、いまになってあらわれはじめたのかもしれない。

「大和」周辺の数隻には、五十機以上の組織的な空襲が仕掛けられた。つぎつぎと三機編隊が襲い掛かってくる。

今日二十五日の戦機は熟したと、彼我の艦隊行動がいまひとつわからぬままに、そのとき私は、相変わらずひとり思いに更けっていた。敵機群は大挙して、昨日のシブヤン海ほどにわが艦隊を襲って来るのかと案じている。

それどころか、今日ばかりは、敵戦艦の艦砲射撃のお手並みが拝見できるのではなかろうかとも期待する。「大和」の四十六センチ巨砲による三十五～六キロの長距離弾が、米戦艦群の三十キロの射距離を制してくれるのを見ることができる。「大和」の海面上四十一メートルを越える主砲射撃指揮所の十五メートル測距儀と、敵の精度の高い電探射撃との命中率の対比となろう。

相手はたびたびの空襲で、当方のはなはだしい被害状況を知悉《ちしつ》している。それにしても、今朝方からの米護衛空母群への砲撃戦で、「大和」の主砲をふくむ、わが火力の実態も知ったであろう。対等、あるいは不利とわかっている砲戦に、みすみす持ち込むことなどない、と考えているのではないか。

戦艦「金剛」が至近弾で右舷中部の舷側、バルジを傷つけたらしいと、「大和」最上甲板の砲員たちが声高に話し合っている。二百五十キロ爆弾が、至近に二発そろって炸裂したという。「金剛」の中央舷側の裂傷が黒々として、そのあたりに白波が砕ける。

波の白さが痛々しいが、ついそこに目が行ってしまう。これからが決戦だというのに、野中少尉よ、死ぬな。大井航空隊で同班だったし、艦隊勤務に赴任の旅も共にした。

高角砲の高みで私が見かけた米機群は、ほとんどが二、三機ごとのもので、それらが隣の艦に向かっていくのを、遠く傍観しているのは、なんとも奇妙な感じだ。

機体から放たれた爆弾が当たるか、当たりそうだと、まるで命中するのを期待している。私は自分の心の冷やかさ、幼なさに、ふと思い当たる。

空襲のあい間を見はからって、私は足早に、艦橋背面のラッタルを搭乗員待機室へと駆け昇っていく。頭上すぐの上空を切り裂いて、擦過音を立て、急行列車のように通過するものに出くわした。見上げる曇り空を、大きな影が横切っていく。空からの影は、一瞬、私をお

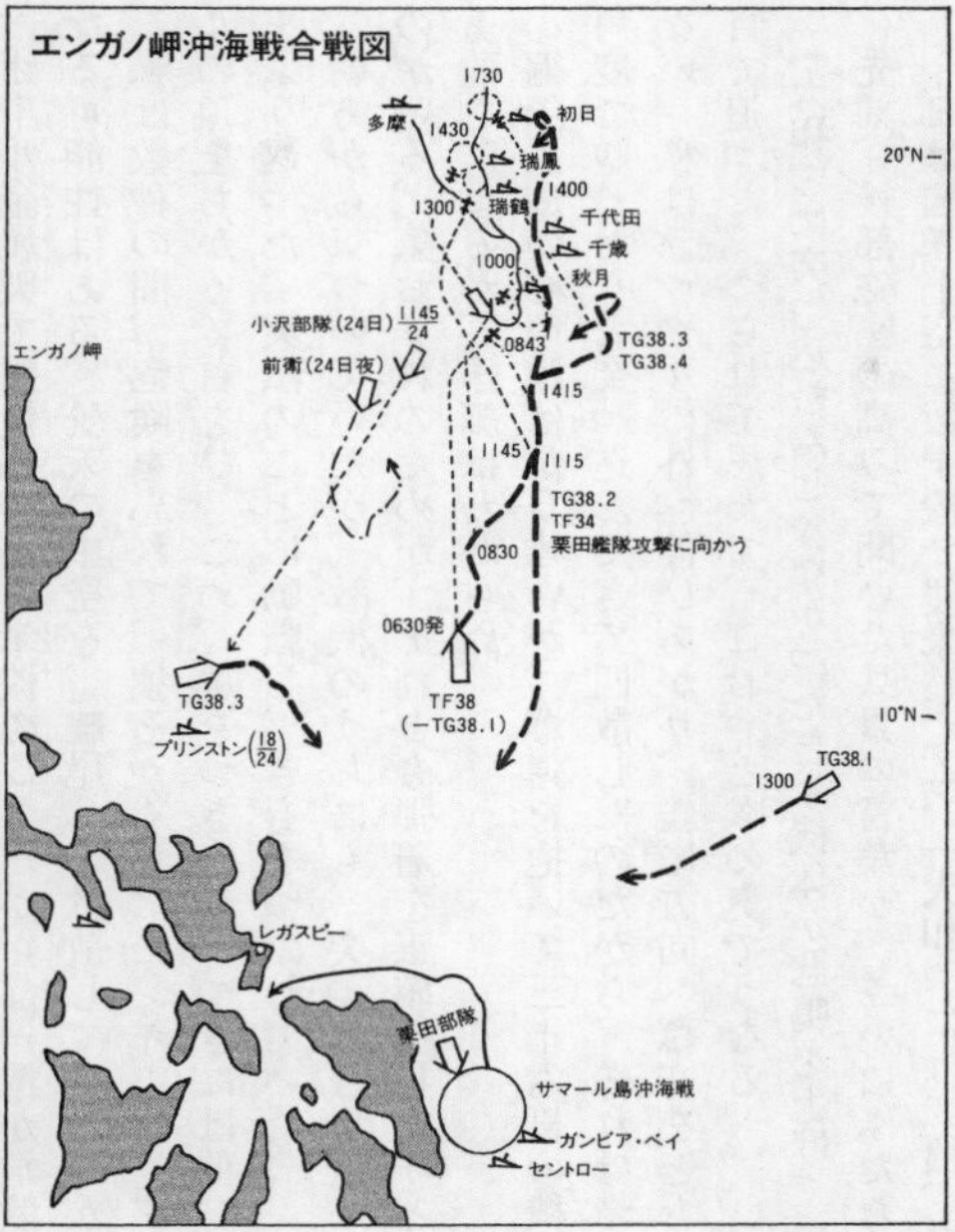

おい過ぎた。

「特攻機だっ」

私は思わず首をひっ込めた。

艦橋からすぐの上空を、いま金属片の塊りとなって通りすぎたものは、「大和」の前方から降下してきた米機が、艦首から艦橋にかけて設置されている三連装八基、単装十二基の計三十六梃の二十五ミリ機銃の一斉射撃を浴びて、瞬時に屠られた二、三機編隊分のアルミニウム断片であるにちがいない。

二十五ミリ機銃の触発性弾丸の破壊力で、米機の機体は折れ飛び、翼はもがれ、その一片は黄色い炎を曳いて、ゆっくりともんどり打って、艦尾方向へ飛び散っていった。

オール金属製で重量感のある米機のことだから、一機が飛散しても、あれだけの金属片となる可能性はある。曇天の中空を、艦尾へと拡散していくのが私には見えた。

私は数秒の間、危険を忘れて、猿そっくりにモンキーラッタルにとりついていた。ラッタルの頂上ちかくで首をひっこめ、尻をつき出し、つぎには伸びあがり、首をねじ曲げて後方をふり返った。突然のことに動転し、きもをつぶしていた。

朝方から気づいていたが、敵機のうちにも、突っ込む角度が意外に浅く、緩降下してくるのがいる。気おくれのためか、それとも弾着を正確にしようと、機銃弾幕をものともしない勇敢さによるか、子細はわからぬ。

編隊長機の心理ははかり難いが、爆弾を抱いて三十六梃の機銃の濃密な弾幕の中に、甘い角度でゆったりと突っ込んできて四散したのだから、あれは米軍の捨て身の特攻機にちがいない。私はラッタルの外へ伸びあがり、艦尾方向へ轟音をともなって拡散していく機体を、目で追った。つられて思わず、ごおっと喉の奥でうなる。

「『大和』に突っ込むんじゃなかったと、機体が悲鳴を上げているぜ」

先刻、後部砲座の高みで聞いた兵員の言葉が、ふいにふたたび私の耳もとでする。

今日は艦隊上空に数十機で襲来しても、「大和」には二機、三機ごとの編隊で仕掛けてくる傾向にある。

四千メートルから三千メートルあたりの高度で旋回し、狙い定めてひと呼吸するさまが、よくわかった。

上空に立ち止まる米機に表情がある。最高の獲物に突撃するのに、いまはもっともよい間

攻撃をうけて炎上する「瑞鶴」。「大淀」への移乗を報ずる小沢艦隊暗号電に動揺、栗田艦隊は反転したとも宇垣日記は読める。

合いかと思案する気配が、束の間、精悍な機体にみなぎる。編隊ごとの場合もあれば、編隊におくれて、突入のダイブをいそぐ単機の場合もある。

「大和」からは、甲板上の千の視線が、上空の機の思案を見守っている。つづく鍔ぜり合いまでの、一呼吸の睨み合い。

降下攻撃を仕掛けようとして、黒いつぶてとなった機影が、低い雲行きの空中にふっと止まる。飛礫《つぶて》の機が、見上げる上空に静止するのはなぜか。

それほどに、森下操艦の切れ込みは、この超ド級戦艦の回頭にすばやい行き足をつけているのだ。

飛行甲板のもの陰からふり仰ぐと、そそり立つ艦橋が、低い暗雲を斜めに、すばやく掠めていく。やはりそうだ。通常の之字運動よりも、くいっ、くいっと角ばった動きが混ざる。

夕立が急に小雨になるように、空襲がピタッと止まる。小休止のような時間が戦闘中にもある。

相変わらずの厚い雲、曇天、雨模様とつづく午後の遅い気配の中で、私はサマール島の東岸沿いに、見覚えのある山脈の峰々を見とおして、「大和」はいま真北に針路をとり、北上をつづけていると気がついた。

そのとき、私が立ち止まっていたのは、いつもの第一艦橋の回廊や外郭の高みではなかった。それにくらべると十メートルは低い、艦橋背面ラッタルの中ほどにある旗旒甲板であった。

海面上二十数メートルの高さから望むと、サマール島東岸の岩礁が低く垂れたスコール雲の下に、しとどに濡れそぼった起伏を見せて、果てしなくつづいている。各艦をしたがえ、「大和」はあきらかに北上する針路をとる。

私の立っている場所からは、サマール島東岸沿いの山脈が、岩礁つづきの海岸から、だらだらと傾斜をのぼりつめるようにそびえたち、奥地にいくほど傾斜は急になり、山頂に向かって峰々は黒雲の中にかすんでいる。

レイテ湾突入を止《や》めた第二艦隊司令部にたいして、不本意やるかたなかった宇垣は、そのあと二十五日の日記の末尾に書いている。

「一三一三 再び動揺してレイテ湾突入を止《や》め、北方の敵機動部隊を求めて決戦せんとし、針路零度サマール東岸を北上す。一三一六 約七十機来襲被害なし」

「陸岸に接航すれば雨雲断雲多きを以て視界良好なる方面にあるべきと為し助言の結果、針路十度にて進む」

この日記の「再び動揺して」と宇垣が評する背景には、その折り、ちょうどそれまで消息のまったくわからなかった小沢機動部隊から、「大和」の通信室に一通の暗号電が飛び込んできていたという事情がある。

解読され、第一艦橋の艦隊司令部に届いた文面には、
「『大淀』に移乗。作戦を続行す。一一〇〇」
とあったことを、私は数時間後に通信室の同僚から聞いた。

それは、小沢機動部隊の旗艦空母「瑞鶴」などが潰滅し、軽巡「大淀」に司令部が移乗したことを物語っているとともに、敵主力のハルゼー機動部隊の圧勝を意味している。後日に伝わってきたところでは、米機群は大挙して、それはまさに南の陽ざしが暗くなるほどの機数であったという。

栗田長官は即刻、連合艦隊司令部宛てに打電した。

「レイテ湾突入を止《や》め、サマール島東岸を北上し、敵機動部隊を求め決戦、爾後サンベルナルジノ海峡を突破せんとす。地点ヤモニチ、針路零度」

これに対応して宇垣は、日記の欄外に追記する。

「大体に闘志と機敏性に不充分の点ありと同一艦橋にありて相当やきもきしたり。保有燃料の考えが先に立てば、自然と足はサンベルナルジノに向うこととなる」

傷心の艦隊、一路北上

私がサマール島東岸に沿っていくと気づいたとき、「大和」は北上する舳先をすこし右に、十度にふり気味に航行していた。それにしても、私の両手をひろげた視野いっぱいに、進行方向と艦尾方向とに、サマール島の山脈が海になだれこんでいる風景がつづいた。

山麓の岩礁地帯が、果てしなく見わたせる。スコールに濡れそぼち、黒一色の無人の、岩ばかりが起伏する世界である。「大和」がいま岸沿いにいく速度は、かなり速い。さきの午前中に、「大和」の左舷真横の水平線に見た戦艦をふくむ数隻の米艦隊を追跡する強い意思があると、私は信じた。

レイテ湾突入の今次作戦の目的から反転するや、第二艦隊は北上をこれほどに急ぐ。敵機が跳梁して、三番機の観測機も放てぬ空域という条件下で、敵艦隊を「大和」の主砲射撃指揮所から、わが視界内に捉えたい意図があるからだと、私は疑わなかった。陸地沿いに一路航行するのは、ずんとスピード感がそそられる。

旗旒甲板は、海面より二十メートルをこえる高さにある。左側方に沿っていく山脈は、私は圧してそびえ、果てしがない。そのとき、私には生還への北上という思いはなかった。まったくといってよいほど、それはなかった。

うちつづく空襲下を、岸沿いの浅い海を高速で北上する。急追ともとれるコースを「大和」がゆくのは、さきにサマール島をバックにして北上していると、主砲射撃指揮所の方位盤につく主砲射手、村田大尉が発見したペンシルバニア型戦艦二隻をふくむ数隻の米艦隊を追い、あるいは先まわりして先制攻撃を仕掛けるためではないかとこそ思え、事情に通じないものだから、サンベルナルジノ海峡に向けての退避などと、うがった見方をするゆとりなどなかった。

ピーンと張りつめた緊迫した事態に、これほど長く取り巻かれていると、私という人間は、心の中でなにを考えはじめるものなのだろうか。われながら、たわいなくも幼稚で、ひとりよがりの思考に、のめり込んでいくものらしい。

　いま「大和」が取り巻かれている事態を、戦闘体験をへている数多くの乗組員のあいだで、ひとり初陣である私は、心の中では自分に都合のよい方向で割り切って考えようと、大まじめに思いつめている。

　艦橋のあたりにいて、艦尾の飛行科にいないかぎり、私は孤独で、声を掛けてくる者もいないままに、気ままな思いをめぐらしていた。

心を平静に保つのに都合がよいように、つまりわが身は安全だと、この切迫した事態の中でもなお思いこもうとしている。

　歴戦の兵士たちはいま、炎の中に突入する五感のしびれを噛み締め、心のうちに、その覚悟を秘めている。そばにいて、ひしひしとそう感じさせられるのだが、私はといえば、いまは、決戦におもむく決意だけを見据えようとしている。

　膨大すぎる死の局面に、心もうつろに、とにかく立ち向かっている。私は死を決意しようとするのだが、どう決算すればよいのかと、はたと立ち止まる。結局は、肉体の破砕を感知し、受け止めようがないままに、心の平衡を保つことばかりに思いを集中していた。

　あの事態の中で、私がくり返しとった、それが

小沢艦隊「大淀」移動電はハルゼー（写真）圧勝を意味していた。

唯一の方策であった。歴戦の兵士たちが、すでに炎の中にいるのにくらべて、自分は激闘にのぞんで心乱れてはならぬと、そのことばかりに思いを集中していた。

ことに自分の心の動きでは、折りにふれ近々と見た米パイロットの思い切りのよさが、切に思い合わされてならない。勇敢な彼らは全力を出し切り、われらは力七、八分で戦っているのではないかと思われる。対等にわたり合い、パワーアップしているのは、森下艦長ひとりだとさえ思えてくる。

米パイロットの操縦技量は荒けずりだなどと、私はいままで意気がっていたが、そのような手軽さでは収まりがつかない。ことは、危殆に満ちた戦闘場裡での、気迫の問題ではないかと思えはじめる。

戦闘の機材ひとつを取ってみても、彼らの飛行機は頑丈で、敏捷で、その数量にいたってはケタはずれに多い。そんな彼らと刺しちがえる時期が切迫したと、胸の鼓動が昂りだす。

戦後のいま、あのときの自分の心を思い返す。流れ過ぎるサマール島の岩山が、「大和」の行く手にあるスコール雲に山頂がつつまれたまま艦尾方向に流れ去り、姿を消していく。山塊の重畳し、褶曲《しゅうきょく》する岩床の果てしなさまで、岸沿いの潮の香のなか、百八十度の展望に目を走らせるうちに私は、自分が古い風景から、ずいぶんと遠ざかってしまっているのに気づいた。

岩礁風景はいくどとなく甦るうちに、戦後のいつの頃からか、流動するスケールの大きさで、私を圧倒していたかつての風景から、いつしか額縁にはめ込むのにちょうど手頃な、はるかな遠景となっていた。

こうして思い出の中では、実際の風景からはひどく後退している。

その日の午後なかばの時刻に、若い二十三歳の私は、人生の終焉に向き合った息苦しさにもかかわらず、それをまぬかれようと、切なく望んでいたにちがいない。いまも執拗にサマール島東岸の風景が近く、また遠くよみがえってくる。

ときに錯覚かと思えるほどに、遠近おりまぜて、私の体内に岩礁風景を埋め残している理由は、いまなお生々しい恐怖のせいだ。

陸岸が一枚の絵ハガキほどに遠のいたのは、そのような沖合いからの眺望も、自分がそのとき見ていたからにちがいない。

だが、事はそれだけではない。私は「大和」が、陸岸近くを艦体を震わせて全速力で進む、スピード感あふれる北上の意味を重く考えて、必死の決意に心を占められていた。

とともに、それとはうらはらに、ふいとそこから躙《にじ》り出て、死の決意にひるむ己れ自身を傍観している。ゆっくりと景観の移動する遠景の方に、むしろ気をとられていようとしていた。

いまやレイテ湾からも、米護衛空母群からも全速で遠ざかり、レイテ湾外にかいま見た戦艦ほか数隻の弱少の米艦隊を追って北をめざし、その向こうに主力のハルゼー艦隊を臨み、しゃにむに突進していく。

北上航路の途中には、サマール島の北海面に達してサンベルナルジノ海峡を臨み、帰路のシブヤン海、南シナ海に通じる新しい事態に入るのだと、心のどこかで強く意識しはじめていた。

遅い午後になったいま、レイテ湾突入といった大仰《おおぎょう》な決意とはちがい、明るさに満ちた海戦に際会するにちがいないと、いつしか心丈夫さに転じていた。私の心の流れが、ここはむしろ楽観的にさえなろうとしはじめていた。

旗旒甲板にひとり立って、死を決意した当初から、この楽観の兆候はあった。私は「大和」の巨砲が、広い海域でなら、どのような事態をも無難に切り抜けてくれるはずと、いつしか思い込んでしまっていた。米艦隊の四十センチ主砲に対抗する「大和」の四十六センチ主砲は、一・六倍の破壊力がある。

いまはそう思い込んでいるせいか、北方に敵艦隊がいると信じても、何か乗せられている感じで、馬鹿馬鹿しくて本気になれないような、われながら醒めた気分になっている。

昨夜からの死への決意が、二転、三転する局面の推移を迎えるうちに、どこか気力のないムードに変わってきた。もはやどのような恐怖も感じないし、死ぬなどとは思ってもみないと力む。いわば自暴自棄におちいり、引っ込みがつかなくなっている。

これはどういうことなのだろうかと省みても、もともと俺は、こんな戦争とは無縁の者であったのだ、と思いがけないものがはねかえる。いまからは、どのような緊迫の事態に見舞われようとも、自分には関わりのないこととして、平然としていて見せると、みずからに誓ったりもした。

敵は強大で、たっぷりとスケールもある。だから、いまはそう思い込むほかに、己れを救う道はないのだと、身内にバネのようなものがかま首をもたげてくる。

艦隊司令部会議室の密議

私はその後も、第一艦橋横の回廊や外郭、ガンルーム、通信室などを通過したが、そこここで顔見知りや同僚と会い、午前の終わりと午後の初めの時刻にひきつづき起こった重要な事情を、ひとつひとつくわしく知ることができた。

まずなによりも驚かされたことは、今朝、早くからつづいた米護衛空母群追撃戦の最中、午前の遅い時刻に、第二艦隊司令部会議室で起こっていたことである。

ちょうどその時刻は土屋飛曹長と二人で、おなじ艦橋にある待機室にいて、この搭乗員待機室が枝のかさなりの上で震えている鳥の巣のようだという思いに取りつかれていた。土屋が際限なく眠りこけており、彼の寝顔の安らかさに、ふと誘われた思いであった。

いましばらくの間、鳥の巣はいく。敵機や敵艦にあふれた戦いの海の空中を、ゆらゆらと之字運動しながら進む。

巣はいつ爆撃を浴びて、噴霧となって飛び散ることか。

私がそう思っていたころに、隣室ではたいへんな協議が行なわれていたのだ。

外壁が円筒型をした艦橋の中央軸を上下に貫いて、三、四人乗りの小型エレベーターの四角く細い区画が通じている。搭乗員待機室とおなじく、鳥の巣そっくりに、中央軸にへばりついている第一艦橋裏の艦隊司令部会議室では、艦隊参謀たちが北転して退却しようとの決意を、おたがいに確かめ合っていたという。

明け方から米護衛空母群を追って南へ先駆けした旧式戦艦、重巡を、その時刻には「大和」周辺に呼びもどしていて、第二艦隊は一挙にレイテ湾口の東海面を、湾内突入めざして西進していた。密室での艦隊参謀たちの密議を、私たちは知るすべもなかったのだが、はしなくも私は気まぐれに、昨日からつづき、今朝からも叩かれ放しの不如意の戦闘に不満やるかたなく、「鳥の巣」などと思いをたどっていた。

おなじころ、待機室の鉄壁の向こう側の会議室では、参謀たちが密議を凝らしていた。

「レイテ湾突入、ヤメ」

「北上して、カエル」

「北の敵を討って、カエル」

お互いにうなずき合う参謀たちの第二艦隊司令部会議室での気配は、扉ひとつ隔てた第一艦橋はもとより、待機室、艦橋の各部署、回廊にまでも、すみやかに伝わっていった。

それから数時間後、私が第一艦橋すぐの艦橋回廊で石田少佐とすれちがったが、事前に大谷参謀は艦隊が「大和」周辺に集結したならレイテ湾指向から反転するよう長官に意見具申していたこと、小柳参謀長は「愛宕」撃沈、「大和」移乗の折りに受けた傷が痛むらしいこと、終始、栗田は黙然とたたずんでいたことなど、石田少佐は第一艦橋内の各人各様、また事態の推移をかいつまんで話してくれた。

気ぜわしげな少佐に、私は問いかけてみた。

「栗田長官は、宇垣中将の敵はむこうだぜの言葉に、渋い表情になりましたでしょう」

「そんなの見てないよ。今日はパラワン海峡以来、三日目だぜ。折りから昼めし時に掛かってくるし、気がつくと、皆はげっそりとやつれているじゃないか。なにかうまい夕食を喰わせにゃならんと、まあ、そんなことばかり考えていたよ。いまも下で、その指図をしてきたところだ」

好漢の少佐はそのとき、栗田司令長官の顔を正視できなかったらしい。

少佐も私も、「大和」周辺の海に僚艦の沈没、損傷があいつぎ、三万を越えるとも予想された、あまりの大量の死に心をうばわれていた。はげしい戦闘がつづいている戦場には、一種独特の雰囲気がある。

としても、私にとって、参謀という人種の階段を乗りこえた傍若無人さ、思いどおりに事態を動かしてみせる強引さに直《じか》にふれた、これは初めての経験であった。

第二艦隊司令長官の要職にあって、栗田中将が端《は》しなくも、一気に退却をみせる退勢にはまり込んでいったために、彼は以後、世間の好奇の視線を浴びねばならなかった。私だけではない。この時すでに、艦橋のだれもが、提督の顔をよぎる表情に注意をうばわれていた。

リンガ泊地で第二艦隊が、シンガポールへ一泊上陸の方針をとったとき、宇垣はそれに反対の意向が強かった。せっかく訓練の成果が上がっているのにと、陰でこぼすのを直に聞かされる森下艦長と石田少佐は上陸できず、宇垣にしたがって艦内にとどまった。

三人は大の仲良しだった。戦後も石田少佐は、いつも宇垣びいきだった。

昭和六十二年夏に石田少佐は死去した。少佐と私とはあきもせず、同じような問答をいくど繰り返したことだろう。

そんな折り、ふたりの間には、レイテ湾北辺のサマール山脈の山々のかさなりが、あたかも巨人が動くように「大和」の進むにしたがって、スコール雲の濃いミストの中を移動し、密雲のはざまに不意に黒染めの山容をあらわし、ふたたび雲の奥に姿を消すのだった。

私が艦橋から通信科に降りていき、今朝からは二度目に顔をのぞかせたとき、飛行科関係の兵曹は待ちかまえていたように、口火を切った。

「敵さんの護衛空母部隊のSOSに、主力部隊が二時間後に救援に行く、という返電を、敵信班が午前中に傍受したといっておりましたが……」

その電文は、やはり米側の謀略電にちがいないと思うと、まず自説を主張した。さらにつづけて、

「そんなことよりも、あの午前の終わり近く、第二艦隊司令部はレイテ湾に突入せずと、東京三田の連合艦隊司令部に打電しとったのです」

と、私の目をのぞき込むように言った。

私は尋ねてみる。

「それで、昨日のシブヤン海での反転のときのように、今回も……レイテ湾突入を催促する激励電はなかったのか。天佑を確信し、全軍突撃せよ……とか、なんとか」

「聞いておりません」

彼は力をこめて、きっぱりと言った。

敵の謀略電の芸のこまかさや、第二艦隊のレイテ湾突入作戦の変更など、すべてが彼には気にさわる風であった。彼の緻密な構想によって、あらかじめ引かれている筋道には、詭計や理不尽な変更は通用しないようだ。

私の知りたがり癖も、よけいで煩《わずら》わしいだけのものと、彼は嫌っているにちがいない。私が不機嫌な兵曹と話す間にも、通信室には明るさというか、生命讃歌というか、生きび得たと思う陽気さが、いっそう賑《にぎ》やかになった。騒音の底に、潮のように流れているのを私は感じた。

いま思い返すと、このにわかの明るい気配は、私が通りすぎた艦内の廊下、主要通路、艦橋回廊や外郭で行き交う兵員たちの誰彼にも、共通してうかがえた。それは、私自身がしだいに陽気な気分にとりつかれはじめたせいでもあったろうが、艦内の隅々にまで灯がともされたように明るくなったという記憶が、いまも残っている。

私は右舷のガンルームに行き、入口から近い食卓の席に、立ち通しの疲れを癒すために腰を降ろした。

ガンルームには、同僚たちの姿が多く、やはり第二艦隊は集結後に北上をはじめていることが、みなの話題でわかった。

北転のきっかけは、レイテ湾口に西進していった「大和」から真北方向の水平線に、敵機が着艦姿勢をとっていたのを、第一艦橋回廊後部の双眼鏡をのぞいていた兵が、まず視認したことだという。

いまは、その敵空母をふくむ艦隊を追って、北上中である。

「北の有力艦隊と決戦すると、連合艦隊司令部に打電したから、レイテ湾不突入には文句が出なかったんだよ」

「敵有力艦隊の速力は、わが方の速力にまさるので追いつけないはずと、第二艦隊司令部の参謀は判断している」

「はじめにまず、サマール島沿いに北上していく敵戦艦をふくむ数隻の艦隊を、主砲射撃指揮所が発見しているのだ。あのとき、すかさず斉動して砲戦に入っておれば、『大和』の主砲ならば有効打を撃てたはずだと、主砲側はいまもいっている。第一艦橋から射撃許可がついに出なかったことが、よほど口惜《くや》しかったらしいね」

と議論が百出する。はじめに戦艦など数隻の敵艦隊を確認したのは主砲射撃指揮所で、そこの二十五メートル測距儀には、米艦隊の特徴のあるペンシルバニア型の檣楼なども、発見時に見わけていた口ぶりであったことを、私も通信室で耳にはさんでいた。

ガンルームでは、そのことを私はもらさなかった。通信室は私にとって、大事なニュース源であることだし、そっとしておきたかった。

だが、そればかりではない。私が口を閉ざしていたのには、ほかにも理由があった。戦闘中の艦隊行動など、枢要のことについて、批判的な言動をすることは、とくに留意し、つつしまねばならぬと、私はしだいに思うようになっていた。

いま話題にのぼっているのは、「大和」の艦橋頂上にある主砲射撃指揮所が、敵艦隊を発見したとの報告、射撃開始許可の要請を第一艦橋にしてきたのを、第一戦隊司令官の宇垣中将が重視したにもかかわらず、第二艦隊参謀がこれを疑問視したという話である。

私たちが、迂闊に宇垣贔屓《びいき》めいたことを口にすることは考えものだ。おなじ予備学生出身の同輩たちのなかでも、談論風発とまではいかないまでも、議論好きの傾向がとかく見えかくれするのに、私はしだいに神経質になっていた。まして、海兵出身者に面と向かって反論したり、断定的ないいまわしをして、感情的に相手を刺戟したりすると、うわさが伝わり、予想外に意外な波紋を幹部たちの間にひき起こしかねない。同輩のうちの二、三人が苛立たしい気持におちいり、それがこうじて事態を傍観視する、冷やかに批判する気分に傾きがちになることは、私にも理解できるし、私自身もややもすれば、そこにおちこむ。

艦上爆撃機「彗星」――「大和」の右舷上空低くバンクを繰り返しながら航過した味方機は、別れを告げる特攻機であった。

だからといって、苛立たしさを不用意に相手にかまわずぶつけるような、冷笑してみせるようなことを繰り返していると、われわれの言動がどこにどう伝えられ、憶測が憶測をよぶ破目になるか、わかったものではない。艦隊行動の問題を、門外漢がかたわらから冷笑している、とでも取られかねない。

それでは、危急に直面して責任者たちが惑いつつも決断する、あつく熱した心を、どれほどに傷つけているかはかり知れぬ。ここはひと辛抱して、無駄口は慎しんでおかねばならない。

われわれの同輩が、たまたまおかれている配置が情報に恵まれ、広い視野に立てるからといって、誇らしげに蘊蓄《うんちく》をひけらかすことは慎しみたい。

かく案じ、と見こう見すれば、同輩のひとりの関原少尉は、心得顔をして黙々と茶を喫する。正面より見れば、茶碗の上に両眼をかっと見開き、弾丸雨飛の左舷機銃座の猛指揮官然として、室内の心理葛藤に動ぜす、不動明王のごとしである。京大農学部卒の戦士で、ガンルーム室内に過熱する談論に恬淡《てんたん》として、はやばやと席を立つ。

戦闘中は戦闘記録係になる主計科庶務主任の板垣少尉の言葉には、いきおい皆が聞きいる感じになる。板垣少尉が向かいあって座っている私にとも、かたわらにいる海兵出身の同輩にともつかぬ語り口で、主計科兵曹から聞いた、わが特攻機についての話をさきほどからつづけている。

「大和」が早朝いらいの米空母群追撃をやめて、周辺の海域に全艦集結を命じはじめていたときのことであった。「大和」の上空低く、両翼の根元の前面を黄色く塗った一機が、味方識別のバンクを繰り返しながら航過していった。

「大和」の右舷上空を低く飛んで前方へ抜け、敵護衛空母群の方角へ消えていった。

「ゆっくりとしたスピードなので、明確に視認できましたよ。日本機は彗星艦爆だったということでした」

主計科の兵曹の話では、機影が水平線の向こうへ消えて間もなく、と板垣少尉の話がつづく。

「気をつけていると、南の敵護衛空母群の上空に、大きい爆煙がたちのぼるのが望見できたというんです」

「遠いから、爆発音は聞こえないのですが」

庶務主任と仲のよい若い海兵少尉が、ここで口を副えた。

「あれが特攻機の自爆かと、記録したといってたね」

「そう、『大和』上空をほとんど爆音も立てずに、ゆっくりと飛びすぎたんだから、おおかたの者が気づかなかったかも知れないが、事実なんだ」

おたがい、誰もがよくしゃべり、騒然としていた室内が、水を打ったように静かになる。みながもう一度、板垣少尉から繰り返し話される特攻機の静かに飛びすぎる姿を思いやる。心してか板垣少尉は顔をふせ、慎しみぶかく語った。

「彗星とは気がつかなかったなあ」

感にたえないふうに、右舷機銃群指揮官の童顔の少尉がいった。気がつかなかったと、一同の間に相槌がひろがった。

作戦開始いらい待ちに待った味方機は、爆装した特攻機の別れを告げる姿だった。上空に敵機をもとめて血走る機銃群指揮官たちの目に、それと映ったか。

「あれが特攻機というものじゃないのかな。どれぐらい今日は出撃しているか、調べてみるよ」

板垣少尉はそういって、席を立った。

死中に活を求めて

敵方にくらべると、わが方には敵主力艦隊群の所在の片鱗もわかっていない。このために、

第二艦隊司令部は北転の策をとった。

そのきっかけは、なんといっても商船改造の空母群を追って南下をつづけるような戦闘に、数時間以上を費やしてしまったことにある。

午前十一時に入り、レイテ湾口を臨む海域にこれ以上とどまることは、レイテ湾突入という作戦目標にとらわれすぎて、艦隊行動を敵地ふかくに膠着する結果をまねくものである。一挙にこれを避ける、との判断があったと理解したい。

北転して帰路についたいまも、敵の空襲は組織的に加えられてくる。

「大和」は森下艦長の操艦で、空襲のすべてを難なく避けてきてはいるものの、他艦の状況をみれば、一撃で艦が行動不如意か不能におちいる危険に、つねにさらされている。

もはやしばしも、敵情不知の不安の中にいるべきではない。死中に活を求め、ひたすらに速度をはやめてサンベルナルジノ海峡を臨む海面に達し、進退の判断を決せねばと、幹部たちは考えているにちがいない。

私は石田少佐と立ち話をしながら、艦隊参謀たちの晴れやかな表情を、第一艦橋回廊の鉄扉の影からかいま見た。

宇垣中将が第二艦隊の北転に苦言を呈したといういきさつがあったにしても、そのときから幾時間かを経過した参謀たちの表情には、自分たちの見通しに、じょじょに自信を深めてきた明るさがうかがえた。

あれから一時間近くが過ぎた。いまごろ、第一艦橋はいっそう快活な雰囲気に満ちていよう。参謀たちのグループ思考は、狭い艦内ではさらに傍若無人さが目立つ。宇垣中将の海軍部内屈指の頭脳にさえ、怯《ひる》みを見せない。

先ほどのガンルームではまた、第一艦橋や防空指揮所が、米空母に着艦する姿勢の機影を真北の水平線上に見たという話が出たが、それがどこまで信頼できるのであろうか。

きわめて活動的な米機だが、その機影の降下先に敵空母がいるにちがいないと判断するからには、よほどの鋭い観察にもとづいた見解、それはむしろ見識というにたる洞察力がそなわっていなければなるまい。

いまは北に針路を転じた結果、艦内の平穏をまねいていることに満足したい。ただ、サンベルナルジノ海峡を臨むまで、この小康状態がつづくかどうかが案じられる。いまこのとき、敵機動部隊主力は、どれほどの規模の空襲を繰り出そうとしているのであろうか。

艦橋最上階、露天の防空指揮所の中央にある羅針儀に寄り添って立つ森下艦長は、操艦の令を発するとき、上方にのばした右手に横罫入りの割箸をかざして、急降下してくる敵機の動きを、その目盛りにすかし見て目測されているという話題が、兵員の間でしばしばささやかれている。

私がガンルームを出て艦橋を昇り、搭乗員待機室に入ろうとして、横の艦橋外郭に立ち止まったとき、上席の兵曹からもおなじことを耳にした。

箸の目盛りは、艦長の操艦の重要な要素と思えて、私はいかにも分別ありげな上席の兵曹の見解を、胸ときめいて問いただす。

「いえ、私も人づてに聞いた程度の、伝説めいた話でして」

見張り配置中の兵曹は、艦首方向にめくばりしながら、鉄兜のあご紐をもぐもぐさせて、そうつけ加えた。

「艦長が箸をどう使っておられるか、それは私にはわからないです。ひとに聞いた話でございまして」

操艦の切れ味のするどさに、兵員の間では艦長伝説といった共通の話題が、すでに行《ゆ》きわたっているようだ。

作戦終了までの被爆皆無への祈念が、そこには込められている。若い兵員たちをふくめての祈りが切なく、私の胸奥にしみいってくる。

森下少将が割箸を上、前方にかざして測定するのは、雷撃機の襲来の恐れがないときのことにちがいない。艦首方向、直上方向から急降下爆撃を仕掛けてくる艦爆機の、降下開始から爆弾投下の瞬間までの動きを、割箸につけた目盛りで目測するのだろう。

降下のはじめから幾目盛りで爆弾は投下されると、目測はしだいに確かなものとなる。爆撃を回避する操艦要領は、空中に目盛りを浮き上がらせるようになってくると、いっそう明快さを加える。

彼の人知れぬ丹念さが、「大和」操艦の完璧を生む要因となっているのだ。

そのとき、かの兵曹から、私がさらに聞き知ったことは、森下操艦の発端となった出来事についてである。

森下が「大和」艦長に昭和十九年一月、呉軍港で着任して、六月のマリアナ沖海戦（六月十九〜二十九日、あ号作戦）にボルネオ東方のタウイタウイ諸島の前進基地を出撃したときのことである。

米潜の潜望鏡を発見して、各艦が急速左一斉回頭したおりに、二番艦「武蔵」が回頭遅れのため、「大和」に急接近してきた。そのとき、あわてた様子もなく、森下艦長がみずから操舵して回避した。

「艦内の人気は大変なものでした。あれが森下名操艦の手はじめでした。艦長がついと操舵手に近づかれて、『俺がもらおう』と操舵輪に手を掛けられると、無言で『武蔵』を振り返りながら、その接近をゆうゆうと回避されたんですから」

曳光弾の雨の中で

午後遅くになっても、敵小型艦載機の少数機編隊が繰り返し飛来する。敵の機動部隊は、よほどの母艦機をプールするようだ。今朝早くから、ほとんど休むまもなく繰り出してくる空襲は、洋上のどこから差し向けられるのであろうか。

「北の方角からであります」

機銃座と機銃座の間で、海面が盛り上がり、揺れさがるのを背にして、ベテラン兵のひとりが即座に答えた。

だが、隣にいた上背のある兵が、吐き捨てるように言った。

「南からだよ、ぼけ」

先の兵はにわかにまなざしを燃やし、反論した同僚をにらみつける。小柄だが赤ら顔をもたげると、うわばみのように背丈が伸びている。

「『大和』がよ、これだけ回避運動をするんだから、どっちが西か東かわからなくなるな」

と私はとりなしてみた。

二人の兵が、質素な色あせた兵員服を身につけているのが、私を憂鬱にする。機銃、砲座の兵たちは硝煙に汚れ、鼻先が黒ずみ、疲れて苛立っている。汗が顔を伝って、涙のように筋をつける。

米戦闘機か、ずんぐりと小粒の黒い機が、全速で輪型陣の上空を低く駆け抜けていく。機は機銃を放つでもない。水平線で右に旋回すると、見るまに高度を低めていき、水平線の向こうの海面を高速で這《は》うのか、機影がまたたくまに消えた。

東方の視界外を迂回して、後方からふたたびわが輪型陣の空域を突っ切るのか。つぎには、残弾を一斉射、二斉射して航過するのであろうと、水平線の機影から、私にはそう思えた。敵機はそのような気配をみなぎらせて、満を持し、水平線の向こうへ姿を消したと見えた。

少数機ごとでも、つねにわが上空に姿を見せているのは、敵の狡猾な意図によるものか。わが方に、もうけっこうだ、もうたくさんと、溜息をつかせる効果をねらうのか。直掩機の傘のない裸の艦隊では、米母艦機群とは勝負にならなかったと、命ながらえて、海軍部内でしゃべりまくれと囁《ささ》やき掛けているようだ。

お前たちは、その役割を果たすために、お目こぼしにあずかっているのだぞと、わが艦隊上空を一気に飛び抜ける黒い機体に表情がある。

「大和」周辺に見る残存艦は、出撃時の三十二隻から激減して、三割を出ないのではないか。他の艦の姿は、どこに行ってしまったのか。

ふたたび「大和」艦上に、弾道が飛び交いはじめた。攻撃を仕掛けて来る米機群は新手で、翼前面の機銃をうち放して、あきらかに人員の殺傷をねらう。左右翼前面に四梃から六梃の銃口が吹く赤、黄の火花が、目を射る。

機体をひねって射線をまきちらし、弾丸を広い範囲に降りそそぐ。

弾丸のひとつひとつが、銃座アーマーや鉄壁に砕け、跳ねる。幾倍もの断片となって飛び散り、銃座、砲座員を襲う。

「大和」の前部の遠い舷側に、ふと目が止まる。海面に突き刺さった二百五十キロ爆弾が、一瞬にしておびただしい破片となって飛び散るのが見える。

破片は黒煙と変じて、海面から突如として湧きあがり、艦体に吹きかかる。米艦爆機の投じる触発性爆弾は、昨朝から、わが方の艦をそのように襲いつづけていた。

それとも、昨日午後の「武蔵」撃沈の例にならい、「大和」を沈めるにも、まず銃座、砲座の射撃態勢をくずすことをねらい、敵機は銃砲座アーマーの破壊、人員殺傷に効果のある触発性爆弾を、にわかに多用しはじめたのであろうか。

不吉な予感が身内をかけ抜ける。

「大和」の最上甲板を埋めて林立する銃座、砲座、照準装置に配される者たちにとって、二百五十キロ爆弾が砕けてとび散る、無数の断片の殺傷力ほど恐ろしいものはない。目を閉じれば、半円型に噴煙となって拡散する破壊力の一瞬が見える。

海面上三十メートルの高さにある飛行搭乗員待機室の艦橋外壁を貫き通して、待機室内を縦横に暴れまわった円盤ほどの破片も、そのひとつだった。

小数機編隊であれば、投弾精度は高かろう。もっとも、わが方の射撃も集中して、米機の損傷も増えている。

折りから、敵機編隊の急降下する爆音が、エンジンのうなり音が、矢継ぎばやにつづく。艦橋頂上のベランダで、いまの攻撃にもろに身をさらす防空指揮所を、私は思わず直下から見上げた。艦長、高射長、見張り兵員のだれもが、鉄兜、防弾チョッキを付けていない。頭上をかすめる二百五十キロ爆弾が、至近の舷側海面に落下し、チカッと閃光を放って炸裂するのが、指揮所の高みから見おろす見張員の目を射るという。

艦橋直上の空から急降下して来る米機には、高角砲、機銃の照準を、ほとんど合わせることはできない。

空冷エンジン正面の筒だけが見える垂直の降下をしてきて爆弾を放ち、右に左にと機体を引き起こして、海面を這うベテランパイロットたち。彼らなら、どのような巨艦もかならずや屠るであろうと思える。

二百五十キロ爆弾は、一撃で巡洋艦、駆逐艦を撃沈するすさまじい破壊力をひめている。艦に命中して、たとえ致命傷をあたえずとも、爆弾の破片が艦内の四方八方にとび散り、爆風が吹き上げる灰色の噴煙の中に、生身の乗組員たちはひとたまりもなく、かき消えるにちがいない。

この作戦では、どの艦でも、そのような酸鼻に見舞われている。五体は霧と砕けて、配置にはだれの姿もない。爆煙が風にあおられて薄れていき、だれのものともわからぬ肉脂の塊りが、鉄屑の傾斜をすべる。

「大和」艦内に、まだそのむごたらしさを見ないのは、奇跡というよりない。並び走る僚艦の高角砲が撃ち上げる砲弾は、射撃まえに刻みこまれた目盛りどおりの飛距離で炸裂する。遠い波立ちの海面に、楕円型に水しぶきを上げて、断片がいっせいに落下する。

乱戦の中では、ときに上空から断片群が降って来て、「大和」をはさんで周辺の海面に、白い飛沫をあげる。最上甲板はいま、弾雨を浴びている最中なのだ。首をすくめる。

僚艦を襲い、海面を這って退避する米攻撃機の後ろを追う二十五ミリ三連装機銃の弾幕は、時に稲妻となって、「大和」周辺の海面から艦上に這い上がって来る。米機が僚艦に突っ込むのに、撃ち放してくる十二・七ミリ機銃六梃へのお返しに、わが方もはげしく迎え撃ち、つづけて隙だらけの後ろ姿に気負い立って追い撃つ。

これも戦いの常であろう。

大小無数の敵味方の弾片が、「大和」の空域を切り裂き、音を立てて飛び交うとき、俺はいま曳光弾の網目におおいつくされていると、しばしば感じる。

「大和」艦上では、跳弾による死傷がおびただしい。

第八章　撃沈の秘儀

白昼夢のごとき情景

その日の午後遅くになって、私はようやく気がついた。前日二十四日の午前から自分が、最上甲板や、煙突への勾配に積み上がるように配置されている機銃、高角砲座にまで歩きまわり、艦橋背面の昇降ラッタルを気ぜわしく駆け抜けたりしていたのが、じつはこれら無数の弾道の飛び交う中であったことだ。

そうと気がついても、そのときの私の心には、一種の陶酔がよぎっただけで、肝を冷やすような恐怖の思いはなかった。

だが、危険の真っただ中にこの身をさらしていると悟ってしまった以上、それからは弾道の渦中にいるわが身を、しばしば意識するようになっていった。

私は一体なにを思って、搭乗員待機室のある艦橋から艦尾の飛行甲板へと、艦内にある上甲板通路を伝う行き帰りに、寄り道ともいえる露天の最上甲板に出ていき、機銃座や高角砲座を縫って行ったのであろうか。弾雨を浴びる危険に、あえてこの身をさらすようなことをしているのか、と自問する。

寄り道をはじめたのは、昨日のシブヤン海で「武蔵」が集中攻撃を受けた時点からのことであったと気がつく。ことに、今朝の「大和」の零観二機の発進後あたりからは、飛行甲板からわざわざ艦尾にとって返して、上甲板の通路に降りる労をいとうて、そのまま艦橋方向へ最上甲板を足早にめぐり、搭乗員待機室をめざすようになった。

昨日の夕色の濃い曇り空に米機がひそみ、栗田艦隊がシブヤン海の「武蔵」の近くで再反転したのち、たしかにサンベルナルジノ海峡に向かうのをしかと偵察していた姿を、私がマストの向こうに確認したのも、ちょうどその時刻に、高角砲座の最上段列にはじめてのぼっていったからであった。

今朝方、重巡「筑摩」が被雷したらしいと飛行甲板の右舷寄りで聞きつけ、最上甲板を左舷へと急いで走り抜け、さらに艦橋足下の銃砲列の高みに昇り、前方の水平線を眺望しながら、友を案じて、視野の外までひろがっている海上戦闘の危急を、肌身に感じ取りたいものと潮風の中に立ちつくしたのも、その寄り道のひとつであった。

飛行科配置の私は、戦闘中の艦内では、司令官、参謀たちの詰める第一艦橋の背面にある搭乗員待機室付近にいることを要求される。

今朝は、はやくに二機を発進させたあと、三番機の待機が令されず、時刻がすぎて発進の機会が遠のいてしまうと、私はせめて彼我の状況なりを知っていたいものと、通信室や艦橋高所の両脇にある航海科見張り配置、それと私の部署である艦尾の飛行甲板と、その周辺の飛行科整備員たちの待機場などをひと巡りするようになっていた。

そのうちに、これほど米機群に叩かれっ放しの、みじめともいえる戦闘にひるまず斉射音をひびかせる銃砲座の者たちの奮戦を、直《じか》に感じとりたいという思いが頭をもたげて、それがしだいに私を夢中にさせ、米機がかすめ飛ぶあたりへ、砲火を応酬するあたりへと、自然と足が向いた。

時々刻々を敢闘し、死傷した者たちとおなじに自分は過ごしたと、ふり返れるようにしておきたいとの思いが募った。彼らがひるまず応射する戦闘場面で、せまい艦内のことではあるし、幾度かは共におなじ敵機の動きをにらみすえていたと、戦闘のたしかな手ざわりを得ておきたかった。

とはいっても、二日つづきの戦闘の中で、十分か、二十分間かを、何度か経験する程度のことではあった。

高角砲座、機銃座のはざまに身を低めて立つあいだに、強く私の目に焼きついたのは、きらめく閃光であった。

今日の午前中、スコールの白い雨足のなかで、米機が「大和」の高角砲弾を真っ正面から浴びた。海上に一瞬、雷光が走ったとみるや、真っ白い雲霧の層があたりにひろがり、機影がかき消えた。

黒く濡れた大鷲とも見えた雷撃機が、目のまえの海面上を低く、こちらに向かって突進してくる。私の視線と米パイロットの視線とが、一直線につらなる。

こういうときにこそ射ち抜かれるのだと、ひやりとした瞬間、黒い機体はとつぜんに白光を発して炸裂した。航空魚雷を抱く大柄の機体は、金属片となって砕け散り、八方に白煙を曳いて消滅した。

「大和」の高角砲が、機の正面から貫き通したにちがいないと、私が思い当たったのは、米機が瞬時に完全燃焼して消えたあとのことであった。
偶然すぎる椿事は、私には海の向こう側からくる光に映し出された情景と思えた。

デヴィソン少将の率いる任務部隊に属する軽空母サンハーシント艦上で魚雷を搭載するグラマンＴＢＦアベンジャー雷撃機。

南海の午前中の光の中であるのに、閃光が消えてしばらくの間は、私の目にいま映じたものは、おぼろ月夜の場景とも見えた。

白光して霧となり、飛び散った機体の微粒子が、私の内部にまで入り込み、白日夢と思えた。

私は、いつしか死を一途に思い詰め、ごく身近に感じて、すでに夢幻のなかに入り込んでしまったようだ。

ついいましがた「大和」の二連装高角砲弾が、もろに米雷撃機に命中し、海面近くに降下していた機体は、魚雷、搭乗員ともども白光を発して完全燃焼した。あとにただよっていたわずかな黒煙さえも、風に吹かれて薄れていく。

とつぜん私の周囲で応戦が再開される。ドラム缶に封じ込められて、金槌でガンガンと叩かれるほどの発射音、衝撃波、至近弾の爆発音、爆風に取り巻かれる。米機降下のエンジン音のうなりに、不覚にも気づくのが遅れ、私は夢中で姿勢を低くする。

低めた私の視野に、曇り空の水平線が斜めにかたむく。低く、澄んだ空気のなかに、奥行きがすけて見える。

私の頭上を、一閃して引き裂き過ぎる黄色い衝撃波があった。その方角から、海面を這《は》って雷撃機が、またもや私のいる左舷中央に向かって肉薄してくる。すかさず、海面と機影とを一条に貫いて、「大和」の舷側から機銃掃射の水煙が立つ。

ほとんど同時に、雷撃機の前面に高角砲弾が、数条の太い水柱を立ちのぼらせた。執拗に射ってくる「大和」左舷の機銃掃射を避けようとしてか、左右に不自然に大きくバンクを打つが、水面に垂直ほどにかたむけて銀色に光る左翼を、水柱のひとつが捉えた。

と見るまに、機体はもんどり打って水面にたおれ、三角の白いしぶきを飛び散らせて、水中に没した。

魚雷が爆発して、火柱を吹き上げることもなく、余りにあっけない幕切れであった。

あれが、米機搭乗員の生命の終焉であったのだと、たしかな思いにたどりついたのは、機影が消えた遠い海面になにごともない波立ちが、私の視界に姿をあらわしてからのことであった。

機銃、高角砲にかぎらず、測距、旗旒、航海と、私の通り過ぎるそれぞれの配置では、兵員たちの連携の妙味に目をみはる。激しい闘いになればなるほど、一糸乱れず、ひとりひとりの技量がさえる。

命令と呼応とが、落ち着き払ってくる。耳にした快諾の気配が、私の身辺によみがえる。

「よしっ！」

と上司の兵曹が息み、かたわらの兵の若い表情に、喰いいるような視線をそそぐ。

高所の見張り配置では風が冷たく、艦橋内部から血の臭いが、ここまで流れてくる。

だがそれだけに、敵機群に叩かれっ放しの今となっては、わが「大和」の強大な戦力、防御能力にどのような気負いも、もはや許されないと、かえって白けた気配が乗組員たちのたくみな戦闘力の底に流れているのを、私は感じていた。

私自身にしても、昨日からこの作戦が、ひどい敗北を喫しているにちがいない、という見込みがあった。

負い目は心を圧して、しだいに重いものになってくる。

帝国海軍はこの一戦で、壊滅にちかい被害を受けたとさえ、思い込みが強まってくる。だが、私には、広範な戦況を知るよすがもなく、現状を判断する力があるわけではない。せめて、いまはしかと「大和」周辺の海上戦闘のさまを目にしておかねばならぬと、義務感めいた思いに私はかられていた。

昨日込ら三十名にもなっていると聞く「大和」の戦死者たちと、おなじ思いにいなければならぬと、みずからを省みていた。「大和」の局限された戦況の中に、ずるずるとはまり込むよりほかに、私はすべがなかった。

フィリピン東方海面に遊弋する米機動部隊は、いったい何群なのか。

かなり多数の交信源となっているとは教えられていても、そのおおよその所在さえ、わが方ではいまだにつかめていない。

各群から飛び立った米空母搭載機の圧倒的な攻撃が、昨二十四日朝に開始されて夕刻まで、本二十五日も夜明けからいまの午後おそくまで、戦闘がつづけられてきた。

日本艦隊の主力である栗田艦隊が、一昨日の二十三日に二隻の重巡を米潜に撃沈され、三十隻に減った陣容から、二十四日、二十五日の二日間で、いまは十隻ちかい隻数に激減している。

主力部隊がこのようであるから、ひろくフィリピン周辺の海域に展開されている今次の捷一号作戦では、わが方の機動部隊、陽動部隊、さらに潜水艦隊の日本勢は、各個に壊滅的な損傷を受けたにちがいない。おそらく史上最大の規模のこの海戦は、わが国にとって、もっとも悲惨な作戦となっていよう。

私は、日本艦隊惨敗の中央に位置する「大和」で、どれほどの極限状態を見、聞き、したことか。日本艦隊栗田艦隊の実感を否応なしに認めさせられた。

はじめて目のあたりにする死闘、歴戦の乗組員たちをまき込む緊迫と血の熱狂。

つぎつぎに艦が撃沈されていく、けたはずれの壮絶さに目を奪われていた。

追いつめられ、ぎりぎりの反応をする将兵たち。むき出しの人間たちの生々しい戦いぶりを、私は見つづけていたように思う。

私の生涯に二度とない急迫の、そのときどきに目をみはり、しかと見とどけるのに夢中になっていた。

思い返してみて、初陣の私を、それ以外にどう表現すればよいのか、言葉を知らぬ。

美しき急降下爆撃機

戦闘後の日々にも、私の夢想のなかに明滅するように姿をあらわして飛び去り消えるのは、左舷煙突の側面、最上段のひさしの上から仰いで見た、艦橋真上の空域を縦に降下してくる米急降下爆撃機の姿態であった。

姿態というにふさわしい、むだのない十字型にまとまった筋肉質の機体、どのような風圧の激変にも耐える強靱さ、それでいて流麗に垂直降下して見せるアクロバット飛行。軽快なエンジン音をうならせ、私の頭上にかぶさるようにある探照灯のシルエットを掠めて、右に左に引き起こし姿勢に入っていく。

機銃座や高角砲座員から、この作戦の当初に聞かせられていた、銃口や砲の筒先指向が困難な垂直方向の空域を、彼らは予測どおりのコースで、つぎつぎに降下してくる。

いまの機は、魚が水中で身をひるがえすのとそっくりに、のびやかに、操縦席の風防ガラスをぎらりときらめかせた。

射ち放してくる十二・七ミリ機銃からは、万年筆の太軸ほどの機銃弾が乱射され、その発射音は圧倒的攻勢に興ずる米人パイロットの喚声とも聞こえる。私は気おされ、羨望の思いで精鋭機の動きを追う。

数条の弾道が、機の引き起こしとともに、あらぬ方向に一転していくのを、視野の端に見とどける。火箭が空中を掃くようだ。

つづいて来る機が、急降下に入る。怖いもの見たさに、私は円筒型の機銃照準器のすそから、目だけをのぞかせる。今度のは列機にならって、エンジンのうなり音だけは一人前だが、左舷斜め上空から、ゆるい角度で仕掛けてくる。

曇り空の高みから見るまに近づいて、奔放な肢体を見せびらかすだけの降下と思えたが、弾着はかえって正確かと、私は丹念に機体の動きに視線をまといつかせる。

敵機の甘い動きに、「大和」の機銃が射ちあがらないのがくやしい。

「下手な爆弾、数放りゃあたる―」

と私はつぶやく。

直径三メートル近くはある照準器の陰から、米機の動きにつられて身を乗り出さないように、気をつけねばならぬ。次機の達者な垂直降下が、もうはじまっているからだ。

足元の傾斜を伝い、煙突のつけ根を迂回して走れば、すぐにも艦橋背面にかかるモンキーラッタルの取り付きに達するのだが、私はこの急降下爆撃がひとしきり終わるまでは、身を寄せた機銃照準器の陰から離れたくなかった。

照準器を内部におさめる鉄筒の上部は空にむかって開放されていて、鉄兜をつけたためにものものしい容貌に一変したガンルームの同僚の上半身が見える。筒の足元に近寄る私を、さきに彼が認めて、互いにすばやく会釈を交わしあった。

ふと温顔にかえった同僚と、私は呼吸を詰めてふり仰ぎ、真上に来た敵機の動きを見つめた。狙いすまし、アップ気味に機首をよじる急降下爆撃機が、宙に停止して見える。

副砲後方の扉から入って、艦内の迷路を伝い、階上へと向かって外の明かりに出たとたんにぶつかった、このつぎつぎに降下してくる千載一遇の見ものに、私の胸はときめいた。

「艦爆機っ、左舷上空っ」

同僚の少尉が指示する声が、銃声の中から私の耳をつんざく。

女声を思わせるアルトの響きに、海兵出身の優しい人柄が、ファイトに燃える。

照準器の内部には、機銃群指揮官の同僚と、彼を補助する背丈の大柄な一等兵曹(班長)、射手の三人が入っている。

掌握する二十五ミリ機銃は、足下の三連装二基である。艦橋上空五百メートルの米機が引き起こすあたりに、斜めに六梃の斉射線をセットして待機する。

私が見下ろすあたりには、機銃座がつらなり、宙をつく銃身がいならぶ。

高空には満を持するように米艦爆機群が、艦橋のひさしの向こうの雲に見え隠れする。やおら敵さんは、巧拙あいまぜて、「大和」必殺の垂直降下をひとしきり加えるようだ。

敵機は、撃たれることのない唯一のコースをたどり、平素の訓練どおりに襲ってくる。米パイロットたちの錬成の成果を、私も飛行機乗りとして、しかと見とどけておきたい。

美しい機体と流麗な垂直降下を見せながら「大和」ら栗田艦隊に襲いかかったカーチスＳＢ２Ｃヘルダイバー急降下爆撃機。

彼らが新鋭機を駆って、ケタはずれに濃密な「大和」の弾幕をおかして強行する、巨艦撃沈の秘儀なのだ。

まぎれもない、一流の急降下であった。

すでに、傷ついた「武蔵」では成功していた。艦橋真上から襲い、胸に抱いた二百五十キロ爆弾を放り投げる爆撃法だが、「大和」では、最上甲板の片隅にさえ弾着しない。

なぜかと、首をかしげる米パイロットたちの気配が、私には感じとれる。私は敵機から姿を隠したまま、ひとりにやついてしまう。

投弾の後《のち》、プロペラ音をうならせて機首を引き起こす。

艦から逸走して行く際に、後ろを振り返りざま、飛行眼鏡の奥にたたえる表情が、私には照準器の筒のかげから見える思いだ。

海面におおいかぶさるように進む「大和」の艦首を、小刻みにゆるゆると揺らしていく。

森下操艦の微妙なかわしだが、艦長のしたたかな目測が込められているらしい。

米機は、艦橋頂上の露天に立つ森下艦長の頭上に舞い降りてくるにもかかわらず、ボスの孤影を攻めあぐねているようだ。

昨日の朝の米機空襲の当初、いきなり雷撃機に数本の航空魚雷を左舷前部にみまわれ、沈下しはじめた「武蔵」に、米艦爆機は低い高度からの垂直降下で、確実に爆弾を命中させていた。

昨日、今日と、二日間に数十発の魚雷、さらに倍する爆弾を、すべてかわしきった「大和」の森下には、同じようにいかない。操艦にかくだんの厳しさがある。

二千メートル、三千メートルの高度から全速で仕掛ける「大和」への急降下爆撃が、数群つづいた。今回も命中弾なしで、どうやら終わったらしい。

私は艦橋の頂部、防空指揮所の後縁をすかし見る。たびかさなる回避のみごとさに、露天のベランダに手を振りたい気分になってしまう。

ふと気がつけば、同僚が円筒型の機銃照準器から顔だけをのぞかせて、そんな私を見おろしている。私が犬なら、四肢を踏まえ、上を見あげて尻尾を振っている図であろう。

「いまだ、走れ」と、彼の目がうながしている。

彼は私がそこに潜んで、搭乗員待機室へと艦橋背面のラッタルを駆けのぼる機会を狙っているのを、承知しているらしい。彼の好意に、私は手を上げてこたえる。

だが、私は上空に敵機の気配を感じる。むしろいまは、もっとも危険な空白の時間だ。敵機の姿の見えない、不気味な空気のひろがりやも知れぬ。

同僚の機銃照準器からは、機影のない空域と見わたせるかも知れぬが、艦爆機の去った直後では、護衛する数機の戦闘機が広範囲に散開していて、わが艦の弾幕の隙を狙っていたのを、私はこれまで幾度か見ている。

書き記される熱き瞬間

「大和」艦内で夢中になっていたひと時、ひと時を、戦後に齢をかさねて老いのいま、私は回顧し表現しようとしている。書きすすむうちに、過去の稀有の急迫を思い起こしながら、こつこつと筆をすすめている現在とが、時空を越えてぴたりと肌合いを接してくる。

遠い過ぎたひと時も、ペンをとって形を定着させて、今も私を捉えて離さないのは、やはりあの時とおなじ陶酔である。艦と一体となって、乗組員総ぐるみで惨劇の只中にいるというめくるめきである。

艦を撃沈する威力をもった二百五十キロ爆弾、航空魚雷が集中し、襲ってくる苦戦のなかでは、艦内枢要の艦橋や通信室、機関室の擁壁の奥でさえも、一瞬に破砕される危険が常にあった。

どこであれ、戦いに取り組む乗組員の生身などは、強烈な爆発力にひとたまりもない。あの時、私が心ひそかに恐れていたことは、自分はいまなお死傷しないでいることを、心の中でふと自問することであった。不覚にもそう問いかければ、容赦なく死にいたる負傷が、自分を見舞うにちがいないと思えた。

戦いのいつの頃からか、それはほとんど確信に近いものとなっていた。前日の空襲のはじめに、大腿部に受けた軽い負傷だけですんでいた。私は、これ以上の傷を負わないためにも、そして死に至らないためにも、微塵《みじん》も心がくずれてはならぬと、一途に思い詰めていた。そのような気持に領されていたと、いまかえりみて記憶にある。それは恐怖というよりも、極限の攻防戦のなかに、まちがいなくその渦中にいると知る心の震えであり、たかぶりであった。

ことにその日、十月二十五日は少数機ごとの攻撃で、五、六機の米機編隊が身を寄せ合うように間合いを詰めて、「大和」上空に飛来する空襲がくり返された。攻撃のあい間に、銃砲座の兵員たちは配置横のたまり場で、身辺に見た戦闘の苛酷な様相を語り合い、洋上に姿の見えなくなった艦の消息を伝え合った。

話題には憶測が多く、とどのつまりには、わが「大和」の健在ぶりに安堵をむさぼる。

私には、皆があかず同じことを語り合う、束の間の休息の解放感にふれるだけで、ことのほか心楽しかった。もっとも、そばに通りあわせた私はといえば、かえってわが艦隊の惨敗に胸せまり、兵員同士の気やすい内輪の語らいから、そっと、目立たぬように立ち去るのだった。

兵員たちの明るさにとり残され、私にはいっそう敗北感があふれてきて、海面や空にうつろな視線を走らせていた。水平線の空を見つめてから、頭上の空までなぞっていき、まわれ右をして反対側の水平線の雲の飛ぶあたりまでゆきつく。

球形の空の下、球形の海面は、すっかりがらんどうになっている。この空の下に、艦隊の偉容は失せ、わずかの残存艦が身を寄せあっているのに、私はむなしい思いを募らせる。

昨日にくらべて、米機群の攻撃がそれほど先鋭でないのは、ルソン島北方の海域に南進してきて、敵艦隊主力をレイテ沖から北方へ誘い上げてくれたらしい小沢機動部隊に、敵の空襲が徹底して行なわれているからにちがいない。

ミッドウェー海戦、マリアナ沖海戦と敗戦つづきで、練度の高い飛行機乗りのほとんどを喪失したと聞いている。いまのわが生き残り空母機の練度では、小沢機動部隊を構成するなけなしの空母四隻、海軍最後の手持ちを守り切れないのではないかと思えてくるのだった。

午後五時に近づいていた。飛行甲板で部下たちといることにした私は、少数機の攻撃が再開されるたびに、飛行甲板下にある艦尾甲板や、そこからのびている通路などに退避して、整備作業にそなえて待機する皆にまざり、その場に立ち尽くしていた。黙りがちになり、ため息の間から、汗くさい体臭がただよい、だれの頬もめっきりこけている。

夕刻にむかう時刻なのに、腹がへったと奇声があがる。

なおつづけて「大和」周辺に襲いかかる米機の攻撃を、私は飛行甲板のカタパルトの影などに出て、あかず見つづけていた。

三機のグラマン戦闘機編隊が、機体を寄せ合うようにして、左舷二千メートルの海上低くを後方へ行く。

「偵察飛行のようだな。残存隻数でも数えてゆくのか」

おそらく世界最強の戦闘単位となっている三機の小粒の黒い塊りが、「大和」を無視して飛び去って行くさまに、私は思わずつぶやく。

自分の考えが、疲労のために自嘲気味になっているのに気づく。

銃弾を撃ち尽くし、そのうえ被弾して、敵機は帰還をいそいでいる場合もあるだろう。私はひがみっぽくなっていた。

艦尾甲板の右舷にあるむき出しの単装機銃に取り付いていた射手が、至近弾の破片に鉄兜を割られ、血しぶきを上げて、鉄甲板の床に吹きとんだ。

私の潜んでいる場所からは、青い色あせた戦闘服が、ぼろ切れのようにすっと力を失い、くたくたと崩れて、鉄の手摺のすそに吹きよせられ、動かなくなるのが見おろせた。私のそばの整備兵曹が急を知らせたが、私は血しぶきの飛び散ったはじめから気づいていた。

私の耳に入ったのは、死者の悲鳴であったか。周囲に起こった動揺は、一呼吸も、二呼吸も置いてのことだった。

鉄兜を割り、肉、骨を砕き、飛び散らす音であったかも知れない。私にはむんずと聞こえたように記憶する。十二〜三メートル離れた高みからふり返った私には、その兵の叫び、うめきとは聞こえなかった。

単装機銃のある艦尾甲板から、飛行甲板下にのびている右舷側の上甲板通路には、カッター数艘が舷側沿いにな並べられており、はじめのカッターの影には、一列縦隊になって、機銃交替要員が姿勢を低くして待機する。

縦隊先頭のかたわらにいる指揮の兵曹に、

「次！」

と肩を押されて、交替要員のひるむ姿が見えた。指揮の兵曹がとっさに走り出て、機銃に取り付く。アーマーなしの裸の単装機銃は、支柱に支えられている。

ベテラン兵曹が取り付くと、軽々と中空に向けて銃口をおどらせ、いかにも命中精度は高そうだ。

「年寄りはいかんナ、文句は多いが」

一等整備兵曹が、私に荒々しくいった。尻上がりの激しいののしりの語調になる。利かん気の彼の目の中に、怒りの炎が燃えている。

そこの単装機銃には、三十歳をなお一、二歳越え、若手兵曹からは兄貴ほどの年配の補充兵がそろって配置されていると、一等兵曹はリンガ泊地のころから私に告げていた。

リンガのころは親しみを込めた口ぶりであったのに、老兵がひるんだのを見て、今とつぜんに彼の口をついて出たのは、激しい語調であった。驚いてふり返る私の視線を、彼は顔を伏せて逸らせた。

彼は、年長の肉親のおなじような戦闘配置にいる誰彼に、ふと思いをはせて心乱れたのか、伏せた顔を震わせている。

かすめ飛ぶ灰色の機体

私の時計では、午後の五時をかなり過ぎていたと思う。すでに二日の経験で、米機の攻撃が終わりに近い予感がする。

私は風に吹かれて、飛行甲板の左舷寄りに立ち尽くしている。

ふと気づくと、昨日と同じ情景が見えはじめた。もう結構だと、吹き寄せる毒気に顔を背けたい思いになる。それでも、その方角に目を凝らしてしまう。

「大和」左舷の遠く、ずんぐりむっくりの二十機を越える雷撃機が、海面低く降下してくる。案の定、みるまに横一列にひろく展開しはじめた。

中央には、昨日のシブヤン海のときとおなじ複葉の、安定した運動性能の指揮官機が翼を左右にバンクさせ、列機の散開を急がせる。太身の黒い機体はアベンジャー雷撃機である。機敏、俊英、文句なしに高性能の機体だ。

空気が澄んでいるせいか、列機それぞれのこまかい身のこなしが、よく見える。相変わらずのぶきっちょな整列だ。ふぞろいに高低のある隊列のまま、一斉に魚雷を投下する。遠い、暗い海面にほの白い三角の水柱が幾条も立ちのぼった。

「大和」の対空砲火の有効射程の外の安全圏で、優勢を誇示し、スポーツ競技めいて展開して見せる雷撃機群のデモンストレーション。興ずる米パイロットたちの心の陽気なリズムが、こちらにまで伝わって来るようだ。

昨日、シブヤン海における空襲のなかば頃に、私はこの攻撃法をはじめて見た。二度目にお目にかかる今も、おなじ感懐がわいてくる。

最強の敵である。おびただしい機数、精巧な機体、際限なく繰り出してくる波状攻撃。血路を嗅ぎとる野獣のひらめき。敵を叩き潰す、燃える闘志。それでいて戦闘をスポーツ化してみせる、驚異のパーソナリティ。

三機の灰色の艦爆が、突然、私の頭上をかすめた。

「大和」の艦首方向から降下したのが、つぎつぎと飛行甲板をうなりを上げて通過し、艦尾へ抜ける。爆音に打たれて、私は思わず首をすくめた。遠い雷撃に気を取られていたからだ。

二百五十キロ爆弾が左舷側、至近の海面に水屏風を矢つぎばやに噴きあげる。上空から黒い飛沫を浴びた。降りしきる雪を見上げるときに、暗い雪片を見るのと同じだ。

「大和」は急転舵して、強い風向きに立ったとみえる。

「ヒット・エンド・ランだな」

公算雷撃と同時攻撃する敵の急降下爆撃機三機に、ふと畏敬を感じる。

それというのも、いまの一列縦隊の編隊機三機は、おそらく先刻、艦橋真上を空中分解して艦尾方向へとび散った編隊機とおなじく、艦首前方からの緩降下コースを来たのがわかる。「大和」前部の弾幕に、先達の編隊が四散したのにもひるまず、危険きわまるコースをなぞって、突っ込んだにちがいない。

どの群の空母機か、あらかじめの指示にしたがい、野獣のように同じ突撃路をたどって降下した。体当たりせずとも、必死必殺のコースを来る特攻機の気迫である。世界のどこのパイロットも経験したことのない、濃密な機銃弾幕をついて緩降下する。一機ずつが必殺の一撃をこめていた。

それにしても敵機編隊は、艦中央軸方向にある「大和」前部両舷の三連装、単装機銃座から猛然と撃ちあがる弾幕にためらってか、いくぶん左舷よりに降下した。そのために、弾着が左舷至近弾となったようだ。

それとも、森下艦長得意の艦首の振りか、風をよぶ急速旋回のかわしのせいか。

敵機の降下攻撃が、左舷に集中する傾向がある。右利きで操縦桿をあやつる者が多いためであろうか。左舷配置員には気味の悪い話だ。

黒い飛沫を浴び、疲れて私は、飛行甲板の運搬用レールにもたれるようにして、身体を横にのばしている。そうしていると、後方の機銃照準器の筒内にいる岩田少尉が、通信科幹部の中尉からガンルームで作戦始動の前日に囁かれたという言葉が、不意に思い浮かんだ。

空襲がつづけば、貴様は絶対に生きておれぬぞと、引導をわたされたという。

午前に岩田のそばを通りかかった私に、彼は哄笑しながら語りかけた。

「なるほどねえ、君。爆弾がねえ、後ろに切れるとは、よく話に聞かされたじゃないか、お

グラマンＴＢＦアベンジャー雷撃機。米パイロットたちのデモンストレーションは、戦局優勢に立つ者の余裕を感じさせた。

たがいにねえ。それにしてもだよ、絶対に助からんぞ、と言い切るんだからな、あやつは」

だが、私には爆弾が後ろに切れるというのは、はじめて耳にする言葉であった。

前にもふれたが、あのとき岩田は、私にこう切り出したのだった。飛行科員をふくめて、彼の機銃群など艦尾に配置されている者たちは、米機が艦尾から降下しがちであるから、もっとも危険にさらされていると、他配置の者から思われているらしい。

にもかかわらず、われわれが後ろに切れる爆弾をまぬかれ、なお生命をながらえているのは、森下艦長がたくみな操艦で、投弾のすべてをかわしつづけてくれたからだ。私は爆弾が後ろに切れるという彼の表現が理解できぬままに、そのはじめの半分の部分を聞き流してしまったのを、妙なことであるが、黒く冷たい飛沫を浴びて、ふいに思い出した。「後ろに切れる」という意味が、いまも私には理解しにくい。

戦闘がはじまってからも、かの中尉は、米艦爆の大半が艦後方から急降下すると、信じ込んでいるのであろう。米機は後部機銃群が迎え撃つ弾幕にたじろぎ、五百メートルの投弾高度に突っ込み切れず、早目に高空で爆弾を放つ。

そのため、艦に達する手前の航跡なり、艦尾の左右海面なりに弾着してしまう。いかにも、ことのなりゆきは、「艦尾に切れる」「後ろに切れる」ふうになっていると、中尉は感じ入っているようだ。

艦後部にくらべて、前半部はまずまず安全と、中尉は決め込んでいたのであろう。通信科幹部である中尉の姿を、作戦中は第一艦橋に詰めているのを、私は見かけた。

参謀たちの間を歩きまわっている彼は、艦橋や、下部にある通信室には、急降下爆撃の爆弾は向かってこない、艦尾に集中してこちらは安全だと、したり顔をしていた。

対空戦闘をたっぷりと経験したいまからふり返ると、彼のような期待は戦闘前の当て推量であった。昨朝来の米機の急降下爆撃の実態にそぐわない、当を得ないものと、私には思えてならない。彼にも現在では、そのことがよくわかっているであろう。

私の見るかぎりでも、先ほどのように艦爆三機が艦前方から突っ込むなど、決して珍しい例ではない。昨朝、シブヤン海の初見参で、「大和」がいきなり許した左舷前部の至近弾爆傷も、艦前方からの艦爆機降下によって負わされたと伝えられている。

ただひとつ、「大和」が喫した爆破口だ。

森下艦長の爆弾にたいする目測は、どのようなケースにも適応して、艦前方からの降下であれ、後方からであれ、まんべんなく対処できるハイレベルなものであった。

どのような方角からの急降下爆撃にたいしても、回避しおおせた森下操艦の真価を、いまは既成の事実として、私たち乗組員のだれもが承知していた。

もし「大和」の操艦が不充分で、艦後部に被爆が集中して、艦尾甲板や飛行甲板あたりが、艦底に達するほど破壊されるようなことになれば、舵を魚雷に砕かれて沈没したらしい重巡「筑摩」とおなじ経路を、われわれもたどったにちがいない。

艦尾開口部への懸念

私がこのように後部機銃群指揮官の言葉にこだわるのは、人には言えぬ「大和」の弱点とも思えることへの気掛かりがあったからだ。

「大和」の飛行甲板から一段下になる上甲板の艦尾甲板には、飛行機格納用の広く深い開口部(レセス)がある。万一、投弾がその開口部に命中すれば、二百五十キロ爆弾は格納庫や開口部の基底である中甲板にストレートに達して、そこで爆発することになる。

「大和」全艦の中で、中甲板にストレートに爆弾があたる箇所は、この開口部をおいてほかにない。開口部が相当な厚みの鉄板に包まれていようとも、直撃に見舞われては、すぐ下の下甲板にどのような破砕がおよぶやも知れない。

私が艦内を歩いた経験でわかるのだが、そのあたりには多くの分隊居住区があって、緩衝区画となっているが、主砲、副砲の弾庫、火薬庫、また操舵室など、枢要の設備も配置されている。

もし火薬類が誘爆すれば、開口部直下のスクリュー、舵は破壊され、上部構造の艦尾甲板、飛行甲板もいっきょに吹き飛ぶにちがいないと、以前から案じていた。

してているところである。

「大和」の艦尾甲板は、飛行科員が平素からなじみ深く、飛行甲板や格納庫での作業に往来しているところである。

私がこころみに歩幅ではかってみると、艦尾を頂点にした幅二十五メートル、高さ二十三メートルの山形をしており、四百平方メートルを越えるひろがりになっている。その中央には、幅十メートル、横十二メートルの百二十平方メートルの面積で、ロの字型の格納庫前エプロンが空に向かって開いている。

開口部の左舷側に、四十五度のきつい角度で細いラッタルがもうけられ、私たちは縦一列にならんで昇り降りする。基底が中甲板になっているレセスの深度は、上甲板の艦尾甲板からでも垂直に四メートルを越える。

格納庫のエプロンでは、格納庫の分厚い鉄扉を押し開いて、零式観測機二機、零式水偵二機の常用機や、格納庫内の予備機二機を艦尾甲板の巨大なデリック（起重機）によって吊りあげ、格納庫と飛行甲板との間を往復する仕組みになっている。

しかし、翼長十一メートルの観測機（二座）、十四メートルの偵察機（三座）では、分解しなければ開口部を出入りできない不便さのため、常用四機は飛行甲板にいつも野積み状態でおかれていた。

運悪く、開口部の床に二百五十キロ爆弾の直撃を受ければ、下甲板にある主砲、副砲の弾庫、火薬庫が誘爆し、操舵室、スクリューをはじめ、艦尾はいっきょに破壊されるおそれがある。「大和」のもっとも極端な弱点である。

今次作戦のように、敵機の空襲をしばしば受けることがつづくうちに、かならずや敵は艦尾の開口部に気づき、狙い定めて投弾するようになるにちがいない。
すでに、そこへの照準がはじまっているのではないかと、私は身体を横たえていても、いたたまれない気分におちいるのだった。

零式水上偵察機――「大和」の常用２機は、零式観測機の常用機とともに、飛行甲板にいつも野積みの状態でおかれていた。

リンガ泊地の日々に、開口部への不安を感じはじめたが、私はそのことを飛行科のだれにも洩《も》らしたことはなかった。折りにふれては、心ひそかに反芻し、襟をただす思いでいた。

このようなこともあった。

飛行科の若い一等兵曹から、エプロン直下の最下甲板にある操舵室は、完璧なアーマーで包まれている。さらに、同じ構造の予備操舵室まであって、艦がもし沈没の危険にさらされる事態になっても、あのあたりは安全だと、リンガ泊地の訓練のさいに耳うちされた。その折りも、私はとぼけた生返事をしておいたのを覚えている。その一等兵曹は先刻、艦尾甲板で単装機銃の補充射手がひるんだのを見とがめた彼であった。

したがって、艦内他科のだれとも、私はエプロン被爆の恐ろしさについて話し合っていない。こちらから言いだせる筋合いではなかった。他科の兵で、飛行料のことを、「広いスペースを取り過ぎている」といったとかの噂を耳にしたこともある。

飛行甲板に銃座、砲座をならべれば、「大和」の防御力はいっそう加わるであろうにという、艦の戦闘力の構成に、わざと目をとじた放言であったが、それにしても、中甲板に達する百二十平方メートルもの深い開口部を、敵機の爆撃に開放しているといった不安がこめられているのではと、私は薄氷をふむ思いで噂話を聞いた。

岩田少尉がガンルームの同僚たちの間でよく耳にした、敵機は艦尾後方から降下しがちだから、爆弾は艦尾付近に落ち、「後ろに切れる」であろうという推測話を、飛行科の私が聞かされていなかったのは、とりもなおさず、格納庫前の深穴への不安から出た風評ではなかろうか。

艦内の識者の間では、慎み深く懸念されているにちがいないと、にわかに思えてくる。開口部について、明確にそれと指摘しての話があったわけではないのに、私ひとりが苛立っている。戦いたけなわのいま、私がもっと恐縮に感じるのは、森下名人の操艦の気掛かりのひとつとして、この開口部のことが去来しているのではあるまいかということであった。

私は人影の少ない飛行甲板の鉄レールに身体を添わせ、放置された死体そっくりに、動かないでいる。そうしているのは、ほんの二、三分であった。

零式水偵の暗い翼のかげから曇り空をながめながら、端正な顔だちの森下艦長の思い深げにしばたたくまなざしを、低い雲の底辺にまざまざと思い描いてみるのだった。

第九章　命の鼓動

消えさった敵魚雷

十数本の魚雷が、米雷撃機によって遠い海面に投じられてから、すでにだいぶ時間がたっている。白い雷跡群が、十隻の輪型陣を串刺しにすべく接近する気配が高まるのか、「大和」艦上に沈黙が流れる。

起き上がり、立て膝をついて、私は息を詰める。だが、どうも私の思い入れとはちぐはぐな感じが、周囲に濃いのがいぶかしい。

あたりの海面に魚雷群の白い雷跡が、平行線を引いて不気味な姿を現わすころだと、飛行甲板の舷側にいく。当たるならこの右舷側かと、胸をときめかせているのは私だけらしく、海面に見入る兵の姿はない。

それにしても、米魚雷群はどこへ行ってしまったのか。昨日のシブヤン海のときの切迫した雰囲気とはちがった気配が、「大和」を中央にしてすすむ艦隊にみなぎっているのに、私はようやく気がつく。先を急ぐといった晴れ晴れしさだ。

日本海軍の魚雷は航跡が見えない。米艦がこの近海で、はじめて日本軍の魚雷を見舞われたとき、日本の敷設機雷にふれたと色めき立ったという。

米魚雷の場合は、白くくっきりとした雷跡を、海面の青の中に浮き上がらせて迫ってくる。昨日から私が見ただけでも、数十本をこえる鮮やかな雷跡には、私自身がいつしかなじんでしまって、森下操艦の手練のほどがよくわかるからよいなどと、親しみさえ覚える気分になっている。なつかしい米魚雷群は、どこへ去ってしまったのか。

恐るべき魚雷網よ、と待ちかまえていた私は、肩すかしをくった。いままでの気負いが、妙にわびしく感じられはじめた。

私がアベンジャー雷撃機の魚雷投下を見たのち、雷撃機群はいっせいに左旋回して海面を這《は》い、黒い機影を遠く、暗い海の色に消していった。水鳥の群れそっくりに、微小の黒点となった機影の向こうに、はるかな水平線があり、サマール島の雲ともまごう紫色の山容がひろがる。

目を止めて、夕雲の峰々とも見えるたたずまいに目をうばわれるうちに、黒点の機影群はわからなくなった。水鳥の群れて遠ざかる、こきざみに震える影に似て、大洋の波間にかき消えた。

いまは、水平線にほのかにたなびくのが、サマール島の山岳の高い稜線にちがいない。米雷撃機群が姿を消していった方向、いま艦隊が目ざしていく行く手に、高い山嶺がかさなりつづくのが、夕べのたたずまいの中に見わたせる。

航空地図で見るレイテ湾なら、水上艦の低い視点からでは、広大な水域の中に小島が一、二点在して、その向こうに湾内に向かう水面の展望がつづいているはずだ。

今日午前の段階で、レイテ湾口東海面の米機動部隊を追撃するのをやめて北に転じ、この時刻まで、わが艦隊は航行してきた。峨々とした連山のつづくサマール島の東海面を、かなり北上している。おそらくサンベルナルジノ海峡への山岳傾斜が、前方にのぞむ山嶺の向こう側からはじまるのであろう。

艦隊はいま、サマール島の北端にひろがる東西の広い海域を西へ、二百七十度の艦隊針路をとるにちがいない。はるかな洋上に米雷撃機群の姿を見失ったあたりから、文字どおりわが生還路ははじまるのだ。

いつしか集まってきた飛行整備兵の汗くさい体臭に、私は取り巻かれていた。私は、つきあげてくる安堵感に満たされる。

兵たちのあまりの身近さに、ふと目を伏せた。

上空に敵影のないのを見定めて、私は飛行甲板を横切り、後部副砲の左舷側にたたずみ、白い雷跡群をさがす。遠い海峡入口をストレートにめざして、艦隊の転舵はその間にもはげしい。雷跡群が来る海面の見当もつかない。

いまにも魚雷がいっせいに襲ってくるぞと、私は自分の見当はずれの悔しまぎれに、周囲の兵たちをおどしてきた。だがいまは、どのように眸《ひとみ》をこらしても、波だつ海面ばかりであった。

「大和」の艦尾方向に、黒煙をあげる駆逐艦がある。

それが、先ほどの魚雷群による被雷とは思えない。艦の位置がちがう。そう思う間も、輪型陣はさらに速度を速めていく。

すでに魚雷群の進路をかわし切ったのであろうか。自信にあふれた加速ぶりと思える。「大和」に伴走する駆逐艦の前後に、白波がわき上がる。最大戦速に上げている。

艦隊は単縦陣をとるようだ。輪型の隊形は、あきらかに変化しつつある。雷撃機隊が一列横隊となり、魚雷群を投じた目算を、日本艦隊は単縦陣形に並びかわりながら、かわし切ったのか。

わが艦隊は急速に単縦陣となり、しかも散開の範囲を縮めた。どのような智慧者が、いまこの艦隊にいるのであろうか。

単縦陣といえば、思い浮かぶのは四日前に本作戦始動でボルネオのブルネイ湾口を出撃したとき、三十二隻(戦艦五、重巡十、軽巡二、駆逐艦十五)がとった陣形である。ブルネイ湾口にまちかまえる公算の大きい、米潜を警戒したからであった。

いまは十隻前後に減った栗田艦隊が、敵にあふれた中部太平洋の西隅に、各艦の間合いを縮め、まさに短刀形に凝集する。この陣容に米魚雷群の十数条の雷跡がせまれば、全艦の掃射を集中するのか。

単縦陣形に変容しながら、魚雷をかわし切ったのであれば、行く手にはサンベルナルジノの狭水道がある。

海峡東入口にむけて布陣し、われらを待ち伏せしているであろう米潜水艦群の奇襲雷撃にも応じる隊形を、わが艦隊はすでにとったといわねばなるまい。

惨敗のサマール島沖海戦の幕切れとして、夕刻ちかい海面、澄みきった空域に、米雷撃機群が「大和」の有効射程外の遠くから、ほしいままにデモンストレーション(示威運動)を仕掛けてきた。

いまとなっては、我にたいする軽侮とさえ感じられて、私はみじめな思いをしていた。だが、私のひそかな傷心の間に、各艦の速力をあげて単縦陣に切り替えさせた艦隊参謀に敬意を表したい。

あるいは、水雷畑出身の「大和」艦長の提案かも知れない。「大和」を守り抜いて来て、もはや栗田艦隊はこれ以上、一艦も失ってはならぬと、燃えているにちがいない。

「大和」周辺に一艦の沈むのも我慢できぬと、森下はいま人一倍、念じている、と私の思いが募る。

森下の祈念の対象に、宇垣がいよう。第一戦隊（「大和」「武蔵」「長門」）司令官として、目の前で「武蔵」を沈められ、レイテ湾沖に死を決意しながらも、むなしく引き揚げてきた。憂愁の宇垣。気心を知り合った宇垣中将のためにも、森下艦長はこれ以上の敗北をくい止めねばと、そう念じているにちがいない。

短刀形になった艦隊がサンベルナルジノ海峡に突入する時刻は、夜陰になるであろう。はるかの島影は、ほんのひとときのうちに、鉛色の夕雲にまぎれてしまった。そのあたりは、茫洋とくもる水平線に変貌している。

屈辱の帰投のはじまり

艦隊の基準速度は、十八ノットを遙かにしのぎ、二十数ノットになっている。両掌を頰にたて、舷側真近に白波がかすめすぎるのに、視界を限定してみる。

暮れなずむ気配がただよう空に、米攻撃機の姿はまったく見当たらない。昨日のシブヤン海より早い時間だが、私は遠い空に偵察任務の米機影をさがす。昨夕は、夕闇の空に米母艦機の偵察行動を、「大和」のマストの間にかいま見た。あれはもっと遅い時刻だった。

整備兵にそのことを言ったが、かれらは雑談に余念がない。

「あれとちがいますか」

「大和」の行く手の左、あらぬかたの低い空を指さす。機影らしい浮雲さえ見当たらぬ。サマール島の方角から専門の偵察機が飛来するのは、このたびの米上陸部隊の進攻が成功しても、相当の期間をおいてからのことであろうにと、厄介げにあつかわれるのが腹だたしい。米軍ならば中型爆撃機を使ってでも、息の長い追尾を夜どおしつづけるのではなかろうかと、私は思いついた。長追いする機上からの報告を聴取しながら、日本の残存艦隊の息の根を止める方策を、敵は夜っぴて謀議するのではなかろうか。

今朝明け方の遭遇戦で、商船改造の米護衛空母に「大和」の一、二番主砲塔の徹甲弾六発が集中して、空母の左右の海面に二本ずつ四本の水柱をあげた。中央二発の徹甲弾が、遁走する空母の艦尾から入って艦体を縦に貫通して艦前部に抜けた。商船の艦体では「大和」の徹甲弾は爆発さえもしなかった。

直径四十六センチ、弾長二メートルの徹甲弾が、艦内を貫き通ったことは、米軍にあたえたショックは大きいはずだ。朝まだきの椿事、史上初の巨弾ハプニングとして、米艦隊に周知されていよう。サンベルナルジノ海峡の東海面に、米戦艦がいまだに姿を見せないのは、米艦隊内に人命尊重のムードが、にわかにわき立ったためだろうか。

今朝は明け方六時前からの砲撃開始であったから、すでに彼我の戦闘は十一時間におよんでいるのに、ルソン島東海面に小沢機動部隊に対抗してたむろしているであろう敵艦船群からは、栗田艦隊に対してなんらの砲戦も仕掛けられてこない。

米戦艦群は、一体どこへいってしまったのか。

船速二十ノットで一時間では三十七キロをいく。十時間では三百七十キロメートル、十一時間で四百七キロメートルを航行できる。航空地図によれば、レイテ湾口から北方へ直距離でマニラ東方の太平洋海面に達し、さらに北方へ十時間ないし十一時間の等距離をとれば、ルソン島北限の海域に達する。

わが栗田艦隊は米機の空襲を受けながら、レイテ湾東海面から北上しつづけてきた。

一方、レイテ湾東海面の危急に、救援のために南下を急ぐと伝えられた米主力艦隊とが、なぜか洋上で遭遇する機会がなかった。

後世の史家は、この事実をどう解釈するのであろうか。

レイテ湾口の東海面から、わが栗田艦隊が空襲をおかして三百キロ余を北上し、敵艦隊を求めてサンベルナルジノ海峡東海面にまで移動してきた十時間、十一時間のあいだに、「大和」を基点として北方三百七十ないし四百七キロの範囲に、米戦艦、重巡の大口径砲の艦隊はいなかったのであろうか。そうとすれば、敵艦隊の空白となる海域は事実上、ルソン島東海面のほとんどを占めることになる。

今朝方からとぎれることなく空襲を加えつづけた敵の航空機隊の報告で、わが艦隊の行動をくまなく知り尽くした敵方には、「大和」の巨砲、「長門」「榛名」「金剛」三隻の練磨執念の主砲を、徹底してかわすハラがあったのではなかろうか。

リンガ百日訓練で、優勢な敵艦隊へ殴り込みを掛けるのだと呼号し合い、猛訓練を積みかさねてきた。

しかし、二日間の絶え間のない空襲で十艦が残り、各艦とも手ひどく傷を負いながら運んできた頼みの巨砲には、ついに敵は対決もしてくれぬのか。

日本戦艦を倒すに、昼間の砲戦で正面きって刺しちがえるなど、あきらかに愚策と思えているようだ。

この三日間の比島周辺での戦いで、彼らは日本戦艦を相手の賢明な戦闘法を読み切っているにちがいない。

二日間の対空戦闘がつづくなか、今日の午後には、「大和」の巨砲は数機の敵編隊にさえ、主砲三式弾の炸裂網を見舞うほどの練度に達している。わが艦隊を偵察しつづけて、これらの戦況進展の機微が、そのつど明快に敵のオエラ方に報告されているからには、彼らの水上艦艇が巨砲の鼻先に姿をあらわすような愚はあえて犯すまい。

それよりも一昨日の重巡「摩耶」「愛宕」「高雄」の例に見るように、パラワン水道の夜明けの海中に潜み、待ちかまえて潜水艦から放った魚雷の公算発射で、戦艦でも充分に撃沈か大破できるはずである。

今朝の夜陰に、陽動部隊の戦艦「扶桑」「山城」がレイテ湾奥の海峡で撃ち破られたのは、おそらくわが方としては不測の、思わぬ方角から斉射された電探射撃によってであろう。

数艦以上からの集中砲火を不意に浴び、緒戦に応戦力を失った。

その後も一方的な砲撃がつづいたため、沈没しかけている日本戦艦は赤くやけただれて、「扶桑」か「山城」かの区別さえつかなかったという。

また、昨日の朝から今の時刻にまで、陽のある間はつづく母艦機群の空襲も、敵機がどこの海域から飛来するのかさえ、わが方ではわからず、まったく対処しようのない、防戦一方の戦闘であった。

敵軍としては、いくらでも有利な戦闘方法がある。熟慮し、深謀する夜を、いま迎えようとしている。

それにくらべ、われはひたすらに逃げ切るのみだ。これ以上、艦を失うわけにはいかない。

「退却だよ、これは」

今ごろになって私は、今朝の明け方六時前から、午後遅くにまでつづいた空襲の被害が気になりはじめた。

「大和」の場合、敵機数は二〜十機が、おおよそ午前十回、午後十回の来襲であったと感じられる。午後に入っては七十機、四十機（これら多数機は上空で散開して各艦を襲った）、その他十数機がかたまっての空襲もあったから、単純に計算しても累計機数は四百機を越える。

敵機は、今日は四百機に近いか、それとも越えたかと、私は整備兵にたずねるが、しばらくは返事がない。

「そのくらいのものでは、ないでしょうか」

「私といたしましては、今日は一千機来たなと思っちょりました」

昨日の空襲でも、のべ四百機は越えていないと、私は専門配置のものから聞いているのに、あきれ返ったものだ。

私は彼らから離れて右舷を後部副砲まで歩き、舷側に立った。遠い水平線に波立ちが見える。にわかに私の二・〇の視力の焦点が、波がしらに合う。空中にはじける波頭のしぶきをとらえる。リンガ百日訓練できたえあげた視力は健在だが、私はいまだ「大和」に何のお役にも立っていない。

「大和」の艦尾方向に戦艦「長門」がつづく。なぜか、すこし遅れている。速力をにぶらせはじめたのか、そのはずはあるまい。

すぐ背後に戦艦「金剛」「榛名」のペアが、右に少しよじれている。つぎにつづくは重巡「羽黒」のようだ。遅れて重巡「利根」と、さらに後方に軽巡「能代」だ。背後には駆逐艦二隻が、艦影のかさなりに見えかくれする。

私はいくども「長門」をすかし見る。伝統ある、城のようにそびえている大型戦艦の内部に、いま起こっていることをうかがい見ようとする。怖いもの見たさのまなざしになっているのが、自分でもわかる。いま、かの艦に遅れられれば、「大和」艦内は半身をそがれる思いになることであろう。

「大和」の前方にいるのは軽巡「矢矧」だ。尻をひねったように見える右舷の後ろ姿がなつかしい。激闘の中、つねに「大和」のそば近くにいてくれた。いくぶん傾いて、航跡に重油を曳いている。ブルネイ帰着までの重油は足りるだろうか。

帰路は遙かだ。ブルネイまで、たっぷり二日はかかる。艦内には死者も多かろう。身をよじるようにして航跡を曳く。幅せまい艦体だけに、負傷者はおびただしかろう。

戦艦「長門」——24日、敵機に主砲で応戦する光景だが、この日の被弾で速力が低下し、副砲４門は使用不能におちいった。

「大和」以下の一列縦隊の前後に、軽巡「矢矧」と「能代」がつき、駆逐艦が遊弋するが、それにしても、それだけだ。重巡「筑摩」の姿がない。つつがなく後続するとすれば、重巡「筑摩」「鳥海」「鈴谷」「熊野」に駆逐艦（「沖波」「野分」「藤波」など）三、四隻となるはずだ。

　南方の米護衛空母群を深追いするうちに、いまだに姿を見せぬ重巡は、敵の母艦機によってほとんどが撃沈されたにちがいない。重巡のわずかな生き残り乗組員は駆逐艦に救助され、後続してくると、私はあて推量して、決め込んでいるにすぎない。後続する駆逐艦たちよ、健在ならば急げ。サンベルナルジノ海峡までに追いつけ。

　ここはまだ敵にあふれた海峡だ、と私は後方を望むが、茫々と視界はうつけて、「筑摩」にいる友の岩崎や乗組員は、ほとんどが助かってはいまいと、わが心が萎え切ってしまっているのに気づくばかりだ。

ひとり立つ舷側に海風が冷たく、五体が冷えびえとしてくる。私は歯の根もあわず震えている。武者震いだ、と思ってみる。いっそう歯がガチガチと鳴る。かけがえのない友を失おうとする海が、暮れはじめていく。

見わたす海上に「利根」と「羽黒」の二隻の重巡の姿しか見えぬということは、太平洋戦争の緒戦から活躍してきた重巡群が、このたびの作戦で、一挙にフィリピン周辺の海に沈んでしまったことになる。

「愛宕」「摩耶」が米潜に撃沈された姿は、目の前に見た。陽動部隊の「最上」は敵の重囲下にあって生還は期待できぬ。ともにサンベルナルジノ海峡をわたって太平洋に討って出た「鳥海」「鈴谷」「筑摩」「熊野」の姿がない。消息をたどるすべもない。

「愛宕」につづいていた「高雄」は、魚雷二本を受けて傷つき、舵を損い、駆逐艦に付き添われてブルネイ湾に引き返していった。南方地域では、修復されることはあるまい。日本重巡は十隻から、いまは二隻になってしまった。

三ヵ月前の八月はじめ、リンガ泊地に夜更けて到着して、濃霧の中を重巡に配置されていった多くの友たちよ、もうこれ以上は死ぬるな。

リンガ百日の訓練に日ごと、勤勉にはげんだ皆がなぜ、あっけなく死んでいかねばならぬのだ。俺たちだけが、なぜ悲劇を背負いこまねばならぬのだ。

私はひどく孤独を感じた。私は行き暮れる遙かな比島の地平線に向かって、きれぎれに絶叫した。

「こんちくしょう。ばかやろう」
「軽くいなされただけだあっ。バカは死ななきゃ、なおらねえ」
「みんな、死ぬな。生きてろよっ」

重巡「利根」——レイテ突入作戦で最後まで姿の見えていた栗原艦隊の重巡洋艦は「利根」と「羽黒」の２隻になっていた。

胸のつかえを吐き出し、私は己れをゆり起こす。サンベルナルジノ海峡をともにわたった重巡のあらかたが沈んだとは、たしかな情報があるわけではない。私は見える範囲の海面の状況や、聞きかじりの消息に思いつくまま推量をはさみこみ、かってに重巡潰滅を決め込んでいる。

とはいえ、今の時刻、友たちはだれもが水漬く苦悶に身をよじらせ、水中に反り返っているとしか思えてならぬ。

私は右舷前部のガンルームに向かった。入口扉を押して入ってすぐの壁面にある自分のロッカーの前に立ち、そこから煙草などを取り出すと、ポケットにねじ込んだ。私の背後の食卓で、うがいをするような音を立てながらお茶で喉をうるおしていた同僚と、しばらく話し合ったのを覚えている。

彼が艦橋背面の旗旒甲板の事情に通じていたのに

思い当たり、私は、今日の昼間に飛行搭乗員待機室からそこへ降り立つラッタルの途中で、ふと気がついたサマール島の山並みのことを、食卓に身を乗り出すようにして、彼に話しはじめた。

「そうだろう。俺もあれを見かけたときは、おかしいぞと小首をかしげたのだ。サマール島の山並みが、『大和』の進むにしたがって、どんどん高くなっていくのが見わたせるじゃないか。レイテ湾口に『大和』が近づいていくのならば、山の尾根はしだいに低くなるはずだ。海面の展望も水平にひらけてこなければならん道理だろう。海も山も、レイテ湾口へとは全然ちがう感じなのだな」

「『大和』の針路は、とっくに正午に、いやそれより少し前か、サンベルナルジノ海峡向けに、北向けに、変更になっていたのさ」

同僚は食卓から立ち上がってロッカーの前にまわってくると、私の口を封じるように言った。

「貴様、……退却だよ、これは」

そして、溜息まじりにつけ足した。

「誰の目にも……な」

彼は私の表情を見すえるように、語尾は声を下《お》とした。彼の意見に、私が心を打たれないのが意外のようであった。君がわからないのはしょうがないか、と彼はすぐに思いなおしている。

そのほうが、私にも手間がはぶけてよかった。退却がなぜ悪いのだ、と論議する気は私にはなかった。事態はもう充分に悲惨なのではあるまいか。相手にされない巨艦巨砲が、おびただしい数の敵機の環視の中を、鈍足で引き揚げて行くのだ。

通信室に行き、重巡「筑摩」のその後の模様を聞きたいと思っていた。

私は急いで左舷側に向かい、四十五度の角度で通信室の入口扉に向かって降りる、通いなれた鉄階段を足ばやに駆け降りていった。扉を入ってすぐのデスクの列におかれたパイプ椅子に、腰を降ろした。私はよくそこでキー（電鍵）を叩いた。いわば私の定位置であった。

レシーバーを付けたままの隣席の兵曹が、目だけで「何でしょう」と問いかけてきた。

私は人差し指をつっ立て、天井の、さらにその上層の最上甲板を指さす身ぶりで言った。

「『筑摩』の姿が見えないね」

「『筑摩』は……」

と彼はこたえた。

「艦尾をやられて、だめです」

そのことは以前に、午前中の早くに最上甲板で聞いたとうなずき、私はかさねて問い掛けた。

「あれは、レイテ湾の、ひがしの……北の方角か」

「受けたのは、魚雷のようです」

位置は自分にはわからないと、兵曹は首を横にふってみせる。

「そばに駆逐艦が、ついてますから……」

いいかけて、受信をはじめるようである。先ほどからつづいていたコマ切れ音信が、よう

「退却だよ、これは」

やくつながりはじめたという風であった。

私は魚雷と聞き、息づまる思いで席を立った。問いかけたことさえ悔やまれる。

「筑摩」が沈んだのはたしかだと、兵曹は精一杯に教えてくれている。横づけするばかりの駆逐艦に、「筑摩」からは幾人が移乗できたのであろうか。

ガンルームの喧騒の中で私は顔を伏せ、まずい夕飯をかっこむ。

私の脳裏には、重油まみれになって救助された「筑摩」乗組員のわずかな数の一団が、狭い甲板にうずくまっているのが浮かぶ。黒く汚れた頭のうなだれた群れの向こうを、舷側に砕ける白い水泡が、次からつぎへと勢いよく流れすぎていく。疲労にうちひしがれ、顔をあげる者もない。

先ほどの海上では「筑摩」の僚艦である重巡「利根」が「金剛」「榛名」の戦艦列にしたがって、一列縦隊に並ぼうとしている姿が見えた。戦艦の巨大な艦橋の向こうに、「利根」はひっそりと静まり返っていた。

私は、ふたたび「利根」の姿を思い起こし、穴のあくほど見つめてみる。「筑摩」と同じ艦型で、二十センチ主砲の四砲塔八門を艦前半部に集中している「利根」は、丸くくまどられた私の視野を、小揺れしながら「大和」の後方を来る。

夕なずむ海面、輝きを失った白い穂の波立ちのなかを、しっくりと波になじんで、艦隊きっての居住性最良の艦が、ほのかにあるかなきかの白波を軸先で切り裂き、生きもののように息づいてくる。「利根」はいま、ひとり生きながらえたわが身の命の鼓動に聞き入っているようだった。

帰路を急ぐ、無理も無し

その夜の私は、重い疲労のなかで、宇垣へのひいきに傾いていった。そのほうが、親友の不運な夭折を悼むにふさわしい心のたわみであったと記憶する。それでいて、この闘将に目を逸らすことで、かけがえのない岩崎の死の痛みから、私自身がはや一歩、遠ざかろうとしているのだと気づいて、哀しみが私の内部に深く滲みとおっていく。

いつしか私は、ガンルーム寝室の自分のベッドの脇机により、人影のないのを幸いに、ひとりノートにペンを走らせていた。

長い一日が終わろうとしている。いや、ノートの上では、前日のシブヤン海の戦闘をふくめて、二日間が回想されていく。

けたはずれの規模の海上戦闘に、私は昼間、茫然自失していた割には、ノートにあらわれる私の内部は思いにあふれて、荒々しく起伏し、揺れている。部署ごとの戦闘のはげしい局面に、つとめて直《じか》に触れていようとしたせいであろう。

ノートに向かう私の脳裏には、艦橋直上の空域を垂直に急降下して来る米艦爆機の身軽い動きが、くり返し掠め過ぎる。

「さっきのは射てまへん」

ひどい淡路島訛りであった。高角砲座で空を仰いで溜息をもらす、ヒゲの古参兵曹の顔がよみがえる。獰猛な面構えだった。

「垂直には筒先が向きませんし、そこに来たとおもたら、往《い》によります。機銃かて、あきまへん。射ちよれしまへん」

「大和」の艦橋直上に深い角度で降下してきて、銀鱗をかがやかせて身をくねらせる魚群そっくりに、艦首方向へ、反対の艦尾方向へと、つぎつぎに機体をひるがえしていく米機を、私はリンガ泊地訓練での夜ごとに夢に見ていた。

昼間の訓練で、私の機が高度をとりながら航過する「大和」艦橋は、一千メートルの上空からは灰色の鼓のふくらみに頂点を白く光らせて見えたが、敵機群が艦中央の艦橋を、そのように目がけて襲い降りて来るようでは、「大和」の命運は彼らによって断たれるにちがいないと確信めいた思いに、私は夢見の中ですっかり気落ちしてしまうのだった。

昨日、今日の実戦のさなか、一千メートルの高度で投弾するや、「大和」の機銃弾幕を避けて、すばやく機体をひるがえす米艦爆機の群れを目の前にしたとき、私にはそれが現実ではなく、夢の中でのことではないかと、しばらくは瞳をこらしていた。それほどに、夢とうつつの敵機の動きは似通っていた。

いま思い起こしてみて、昼間の米機の動きは、高角砲射撃盤の兵曹がいったとおりになっていたのがわかる。ノートに向かっていると、見ていたときには気づかなかった微細な動きまでがよみがえる。先頭の艦爆機がまず急降下すると、つづく二番編隊、三番編隊と三機ごとの先頭機が、艦橋直上にいっそう肉薄して急降下する。二番、三番とつづく編隊ほど、降りる角度は深くなり、ほとんど垂直にちかく降下して爆弾を放つ。

各機は爆弾を投下すると、ただちに引き起こして離脱をはかるが、なかには引き起こしで

戦艦「大和」のガンルーム士官たち。前列左端が著者。レイテ沖の戦闘では著者自らも負傷したが、艦船とともに多くの将兵が還らぬ人となった。

はなく、一瞬、背面飛行するほどに機体をひるがえして、左右の方向へ離脱していく。

その刻々のさまをT字形に描いてみると、米機の動きはどのようにもよみがえる。すると、艦尾に抜ける機よりも、艦の進む方角へ、つまり艦首へ抜ける機のほうが、爆弾の命中する確率が高くなっていたわけだと、当然のことがもっともらしく思い返される。

その機の投げた黒い爆弾が、きっちりと私に向かって降ってくる。そのつど、うずきがねばっこく、私の体内にわきあがる。

夜の机にひとり向かっていると、米機のパイロットたちが、訓練飛行にうち込み、教えこまれた攻撃法を忠実にまもる勤勉さに満足しきっているのがわかる。機銃弾幕にも、心が臆するいとまもないようだ、とノートしながら、私はひどくプライドを傷つけられる思いであった。

それにしても、くり返し米機から放たれた爆弾は、黒いつぶてとなって「大和」上空を斜めに横切り、艦体を避けるように海面に突き刺さった。艦長操艦の周到さにはいまさらに舌をまく。

昨日からの、生まれて初めてするすさまじい体験の中に、果てしない混迷におちいっていった。米機の突撃に気負いたち、応戦する渦中にい続けておれたのも、たとえ「大和」が沈むようなことがあっても、自分だけは絶対に大丈夫という、無謀ともいえる思い込みに支えられていたからだ。

使いなれた太軸のペン先が思うより先ばしりして、ノートに文字を走り書いていく。戦闘にまき込まれ、私自身が負傷を負いながら、「大和」に加えられる攻撃を、あたかも映画のシーンでも見ているように傍観して、恐怖を忘れておれたのは、とにもかくにも俺はやっていけるはずだと、己れの命を信じ切れる思いにのめり込んでいたからであった。つまり、私の神経の鈍麻が私を支えていたといえなくはない。

敵機群がわが輪型陣を航過して行くたびに、一隻また一隻と艦が沈められる激しい戦闘に、私は反射的に、かえって生命力の過信に満たされていた。戦闘の渦中では、そうしなければ過ごせなかったのだ。炸裂の風圧や即死の気配をそばちかく、肌に感じる状況にいては、誰もが同じような心になるものではなかろうか。

昨日と今日の二日の間、総毛だつ緊迫の中で周囲のものが、そのようにして耐えているのを、私はひしと感じていた。前も後ろも、どこを向いても硝煙の濃くただよって鼻をつく激闘の中で、歴戦の兵たちがふとにおわせる放縦さのようなものも、あるいは私とおなじく「死なぬ」と信じこみ、周囲の神経の張り詰めたのにそぐわぬ、気ままな姿勢をとってしまうさまが、それであったのかと思い当たる。

至近弾の破片や機銃弾が音立ててとび交う空間に、わざとのように姿勢を大きくして落ち着き払い、ゆったりと動作して見せるのは、あれは反射的に姿勢を低くするはずみにさからう、一種の捨て身の状態であったのだ。

ガンルームでの夕食どきに、食卓の向こう側で海兵士官の仲のよいもの同士が額を寄せてささやき、声を低めてひそやかに笑い合っていた。敵に向かうときよりも、ブルネイ湾に帰って行くこれからのほうが、

「危険ですけのう」

と、おエラ方が周囲の者に、今日の午後遅くに言いきかせたという。

宇垣中将の日記『戦藻録』に、同二十五日夕刻から夜にかけての記録が見える。

その日の米機空襲は、「一七〇五の撃退を最後としたり」となっている。

つづいては、誰の思いも同じなのか、サンベルナルジノ海峡をのぞむ海域で、栗田艦隊は反転して敵影を求めている。おそらく味方残存艦が後続するのを期待して、待ちあぐねる思いが、ひとしお身にしみていたにちがいない。

「敵機動部隊を北方に見ず……一旦位置を確認したる後一時反転、視界狭少となるに及びサンベルナルヂノ海峡に入る。同海峡附近にて敵潜騒ぎあり、眞偽不明なり。二十二節にて之字運動も行なわず、往路を反対に帰路を急ぐ。追わるるものはなるべく早く敵と離隔するに限るが無理も無し」（二一三〇海峡通過）

「無理も無し」と激闘の二十五日を締めくくるしぐさには、朝方のレイテ湾突入を第二艦隊

司令部が中止したことへの彼自身の不本意を抑えて、みなの無事を案ずる闘将の懐ろの深さが感じられ、宇垣の身辺にただよっていた風情が、たくまず匂い出ていると私は思う。

サンベルナルジノ海峡西出口の午後九時半から、夜どおしかけて「大和」たち十隻の残存艦隊は、シブヤン海の中心線を往路とは反対方向に、東から西北へと突っ走った。海峡通過と同じ速力二十二ノットで直航したシブヤン海の航程は、いまディバイダーで測定すると二百四十キロメートルとなる。大阪湾の神戸沖から呉港までの距離である。二十ノットならば一時間で四十・七キロを進むから、約六時間の航程である。二十ノットならば一時間三十七キロで六時間半を要する。

夜陰、島かげの少ない海では迂回、徐行のための一、二時間の遅れを見込んでも、翌黎明時にはシブヤン海を突っ切って、ミンドロ島東方海面(タブラス海峡につながる)を行く手にのぞむ位置に達する。その時刻を宇垣日記は、つぎのように記している。

「十月廿六日　晴　決戦第三日

一本未明タブラス島北方、一昨日の古戦場を過ぎ武蔵の英霊に黙禱す」

参考文献＊福田幸弘著『連合艦隊サイパン・レイテ海戦記』(時事通信社　昭和57年)＊能村次郎著『慟哭の海・レイテ沖海戦』(読売新聞社　昭和50年)＊坂上隆作『艦船模型の制作と研究・戦艦大和・武蔵』(出版協同社　昭和55年)＊録音テープ・戦艦大和戦友会、兵庫県例会

単行本　平成十年五月　光人社刊

NF文庫

戦艦「大和」レイテ沖の七日間 新装版

二〇二一年十一月二十四日 第一刷発行

著 者 岩佐二郎
発行者 皆川豪志
発行所 株式会社 潮書房光人新社
〒100-8077 東京都千代田区大手町一-七-二
電話/〇三-六二八一-九八九一(代)
印刷・製本 凸版印刷株式会社
定価はカバーに表示してあります
乱丁・落丁のものはお取りかえ致します。本文は中性紙を使用

ISBN978-4-7698-3240-9 C0195
http://www.kojinsha.co.jp

NF文庫

刊行のことば

第二次世界大戦の戦火が熄《や》んで五〇年――その間、小社は夥しい数の戦争の記録を渉猟し、発掘し、常に公正なる立場を貫いて書誌とし、大方の絶讃を博して今日に及ぶが、その源は、散華された世代への熱き思い入れであり、同時に、その記録を誌して平和の礎とし、後世に伝えんとするにある。

小社の出版物は、戦記、伝記、文学、エッセイ、写真集、その他、すでに一、〇〇〇点を越え、加えて戦後五〇年になんなんとするを契機として、「光人社NF（ノンフィクション）文庫」を創刊して、読者諸賢の熱烈要望におこたえする次第である。人生のバイブルとして、心弱きときの活性の糧《かて》として、散華の世代からの感動の肉声に、あなたもぜひ、耳を傾けて下さい。